半場香港，半場臺灣

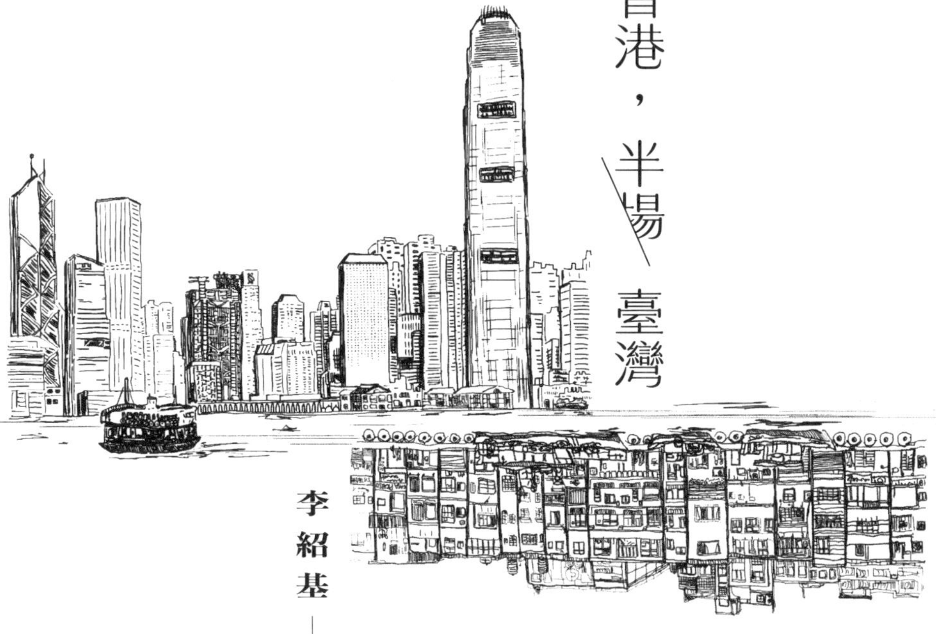

李紹基 著

港臺各半場，如榫卯圓則圓、方則方，連接得緊密而精巧——不只是角度，更是深度。以文字牽繫兩地人情物事，下筆輕重濃淡處清愁隱隱，卻又交織以或幽默、或活潑、或冷靜的語調，五味陳雜——是維度，也是溫度。

——**朱少璋**（作家、學者）

將自己人生的下半場移動到臺灣，學會享受「慢活」的李紹基，觀察更細緻，文字更細膩，連帶筆觸也更幽默風趣，手繪畫作更有味道！尤其喜歡他將活了上半場的香港經歷來個出奇不已的對比或對照，輕描淡寫間吹來一陣清新的文藝風，令閱讀更添樂趣。

——**卓男**（影評人）

將秒針拉長來過日子——是讀《半場香港、半場臺灣》最原初的感覺。
人情與慢活，以及種種腹音延長式的對話，無不雕刻出這部散文集真正的「漫步時光」。「慢」是一種狀態，也是一種踏實存在，如同在《給愛麗絲》旋律中輕踮著腳踏出細碎舞步，展開一種新的生活。他把半個香港住進了臺北：融入、觀察、互動，細細懷想一切的由來發生。作者猶如一位木匠，細細雕刻，他的作品總是折射出一片微白純淨的光。

——**葉秋弦**（作家、編輯）

這書的書名與本人近年致力推動的《二創人生》遙相呼應。說到上、下半場，經小樺介紹，果如所料、得知作者是球迷一名：利蔥。我雖然已經是下崗講波佬，亦難免趣味相投。至於香港臺灣的生活異同命運交纏，當然也是共通點。這些相互共鳴的題旨，需要更多像李紹基這樣細心善感、筆下有情的作者、各抒己意，獨唱成團，一一記錄展現。這本書只是其一，卻唱和著整個時代的歌聲。

——**潘源良**（填詞人）

臺灣日常其實很不尋常，身在其內又在其外的香港新移民李紹基，以他的雙重視域寫出港島和寶島的文化差異。這半場臺灣感性又幽默，深刻又敏銳。他同時回望已經隨風而逝的香江歲月，這半場香港深入民間，肌理分明，深情而細膩。一本難得且好看的散文雙島記。

——**鍾怡雯**（作家）

從他人之眼睛觀看，像是套了濾鏡，李紹基打造的濾鏡是好看的色溫。用現實的筆觸寫臺港兩地的半生緣。

臺灣是現在進行式，異地生活心之探險，轉場到香港，他的來處，廣東話和客家話的語感切砌，除了空間，也召喚時間，凝視人間事。

——**騷夏**（詩人）

自序

這是我的第二本個人作品集，上一本在香港出版，那已是八年前的事了。這本結集在我移居臺灣差不多三年之後出版，收錄了我從二〇一七年至二〇二五年的文字創作。兩本書出版地之不同，正好反映我人生中場的轉折。

我喜歡足球，因此本書的名字以足球賽事作喻，取名《半場香港，半場臺灣》。它恰恰處於我人生上半場完結，下半場哨聲吹響一陣子的時間出版，記錄了我跨越到臺北後的新發現與衝擊，當中不乏我和臺灣人於磨合過程中所鬧出的種種趣事；另外，它亦收錄了我在人生上半場，於香港的土壤中埋下的斑駁回憶。

這本書的籌備橫跨了整整兩年半的時間，期間我還要在新環境兼顧寫作以外的工作計畫，因此很多陌生的事情在香港和臺灣兩邊同時進行。忙亂的生活經營，令我在現實與夢想之間跌跌撞撞，好比進行一場漫無止境的球賽，也好像墮進一場接一場的夢。

以做夢來形容自己的人生聽起來很不錯的，浮生若夢，可以從現實的時間與邊界超脫出來，感覺很是飄逸。但另一方面，夢境的陌生與虛幻，卻又會令做夢的人惴惴不安。

我在臺灣出版文集本身就是一場意料之外的夢，我上半場的夢在中年突然中斷，把我人生分割成了上下半場。而當下半場已開賽了，我卻彷如在夢醒過後，再入夢時才發覺自己鑽入了另一場景，夢境突然從香港的主場賽事，移師到臺灣作客比賽。戛然而止的上半場賽事，被剪接成賽事的精華撮要，頓然成為斷續記憶。以十年計的時空猝然濃縮成分秒，夢中的人與事眨眼化成划行的殘影。

還在香港生活的時候，我從沒想過會有離開這個地方的一天，那時寫作的主要目的相對單純，只為了記錄那些值得珍惜的回憶。我希望趁它們的顏色未隨時間褪去，還存留在我的腦海時，好好把回憶記錄下來。我總覺得除了自己之外，還會有其他的同代人想把它們留起，好讓自己在思念時緬懷舊事，尋回在現實中活過來的力氣。

但當我到了臺灣生活後，創作的取向卻有所轉變。我換成以文字和繪圖速寫去記錄生活上的發現和衝擊，題材由過去式變成了現在式。生活地方的不同，原來會悄悄地為人的創作取向，帶來點撥的導向。移居生活雖然禍福未卜，但卻能激發人挺身迎向挑戰的生命力，而且到跳出舒適圈一段時間後，更發現這個決定也可以是一個造就創作道路的轉向，和跳出自我規範的難得契機。

本來以為只有多變的夢境才是難以捉摸，但人老了，發覺人生也是一樣，而且這種陌生感並不代表可怕，尤其在移居之後，才深深體會到變幻原是永恆，人生原來不依循固有的單線軌道前行。而這些經歷，對於如蜉蝣的朝夕人生來說，那就如不能重複的夢一樣珍貴，結局孰好孰壞都值得為日後的自己記錄下來。

此外，我發現在這個人生的轉折點上記錄生活，也可以和之前在香港的生活對照，走遠一點讓我看清香港的遠近高低之不同，我終於明白為何如此懷念那裡如夢一般的昔日時光。

這就是本文集跟我上一本散文集的相異之處，它除了懷念往昔之情之外，題材上更具流動性，在虛與實之間的擺動更大，內容亦以更寬的步距於回憶和現實之間跳躍遊走。裡面所跨越的時空，從止於香港一地，變成了臺灣和香港兩個隔海相望之地，既寫舊時香港，亦寫今日臺灣。

移居前我以為自己了解臺灣，但到生活久了方知道自己只對它一知半解。兩地文化似近還遠，可謂同中有異，而正身處人生岔路的我，恰如連結兩地的視點。

同一種食物，同一句說話，以至同一件事情，放在臺灣和香港，開始時的處理可能是一致的，但慢慢卻會發展出不同的態度，從而伸延出陌生的枝節與衝突。這些細節日復一日地累積成靈感，轉化為我的生活記錄，當中的熟悉與矛盾，香港人和臺灣人看在眼裡，應會發出會心微笑。我相信箇中的微妙與親切，只有港臺兩地的人看得明白，其他地方的人都不懂品味分辨。我希望這本文集中的，不論是上半場或是下半場的文章，總有一些片段能還原同行者的共同回憶，惹起兩地人的共鳴。

最近我正在研習義式咖啡的製作，導師上課時曾叮囑學員：「咖啡要濃郁，必須用足夠壓力把咖啡豆中的 crema 萃取出來。另外，奶泡也要打得綿密，那麼混在一起的拿鐵才好喝。」

我那時右手正提著拉花奶壺，左手捧著咖啡瓷杯，平衡著左右兩邊的力量準備拉花的動作。我在想，那不就是我筆下的文字嗎？我在香港用半輩子的時光萃取半杯濃縮咖啡，到現在要在新的地方——臺灣進行下半場的比賽了，當中的體驗，正是半杯剛打好的燙熱奶泡。兩地的元素在我的人生中混和出的，便是這一本書了。

二〇四六出版社總編輯小樺是我自大學時期已相識的半生摯友，當年我們都是中大吐露詩社的成員，一同蹺課看電影，一同學習新詩，一同出版第一本詩歌合集，我第一次參加文學比賽也是她拉我一同投稿試筆的。二十多年後，大家各有際遇，我能再跟她湊在一起出版個人的結集，是很值得我們珍惜的際遇，當中意義確實難以言喻。我衷心感謝小樺、編輯旼憙、和設計師郁嫻，以及推薦本書的前輩與文友，因為有他們的努力及幫忙，這杯以歲月的酸甜調和出來的拿鐵，才能在風味尚未消散的時候，送到讀者手上。

——二〇二五年三月四日　於臺北

編者序

近幾年，新一波由香港至臺灣的移居潮，在臺灣及香港社會中都是相當顯著及惹來關注的社會現象。李紹基的《半場香港，半場臺灣》可謂是第一本正面描寫這種移居生活真實狀態的散文集。

本書的第一部分「半場臺灣」書寫作者在臺北的新生活，表現中年新住民來到臺灣，抱持著追求自由生活、文藝生命的理想，也書寫在臺北生活時的細微故事，從語言、人情、衣食住行等細節切入，表達香港人如何在生活型態及心態上融入臺灣生活。另一半書寫香港的回憶，包括兒時的屯門回憶，教中學時的人與故事等，深入的是香港新界鄉郊及九龍城舊區，具個人的獨特視野，也可讓臺港兩地讀者了解一個「國際大都市」形象以外的真實香港。

本書以足球賽的「上下半場」為編輯概念，這個「半」的觀念值得細思。

有些人以為「移居」就是和舊地一刀兩斷，開展美麗新世界新生活；但其實「移居」可以是一個漫長的過程，涉及許多曖昧不明的狀態，而正正是這個「半途」的混雜狀態，更具複雜性與趣味。二〇四六是港人在臺開設的出版社，我們更明白這種「半臺半港」的混雜狀態，具有歷史意義及社會學意義——而它也是更符合文學觀點的：人本該是混雜未明的生物，「你中有我，我中有你」才是更真實的人的狀態。亦即，我們不應假設港臺是迥然相異的對立事物，更應細緻觀察差異與融合的過程，以人文的關懷置換鮮明劃分的疆界。

這一波移居潮有來有去；有說會決心留下在臺灣定居的，都有特殊原因。對本書作者李紹基來說，這個特殊原因肯定包括臺灣社會的文藝氣氛——近年許多香港學生來臺就讀研究院及創意寫作學位，其後留居臺灣發展、出書成為作家，如梁莉姿、沐羽、蘇朗欣等，也是一個顯著的文化現象。本書作者李紹基是一個文藝中年尋夢的例子；他移居後也參加臺灣的各種文學獎，得到一些鼓勵；但他與文藝青年不同的地方在於，他面對一種中年移民的生活條件考驗，並以一種中年的大而化之心態看待移居時感受到的差異，又以相當正面的心態和技術性眼光去處理差異間的磨合，這就讓本書還有了社會學上的意義，可供臺港社會互相在差異中觀照、理解、溝通。是的，固然語言、生活節奏、衣食住行的細節都需要適應，而臺灣社會著名的人情溫暖、慢活節奏，香港人也需要適應呢。像李紹基這樣正面的態度，可能有異於一般臺灣文學中習見的文藝腔調；但卻可能比較貼近生活，能夠解決一些問題，有現實上的參考價值。特別是他的幽默自嘲，在融合過程中扮演了相當重要的角色，也是本書好看的其中一個原因。

李紹基中文系出身，青年時也參加過詩社，現在他的文學修養多體現在對於在臺生活的語言溝通之細緻敏感與平等開放態度中。但在寫香港回憶的文章中，李的文藝氣質則更為顯著：他筆端透露出成長於鄉郊的純樸泥土味（在香港來說算是相當濃厚的），常以憨憨的眼光看周遭新鮮事物，對氣味聲色敏感並長留於腦海記憶。李在過去的散文已常寫童年簡樸的遊戲與記憶，對人與動物都深具感情，這種回憶筆觸可說是他的雙魚座風格。而無論如何樸實，也是一種美學取態——中文系的李紹基，有時筆下會使用相當深奧古雅的詞語如「爬羅剔抉」等等，而他每次都是反諷地在很不嚴肅甚至胡鬧的語境中使用，在這方面李紹基的美學取態可說是十分嚴謹的——嚴肅與玩耍結合，他曾經就是一個這樣親切可愛的老師。而作為編輯想補充的是，這種舉重若輕、調侃嚴肅，其實也是一種香港性格呢。

作為第一本細寫港人新住民移居臺灣的散文集，希望讀者讀得愉快。順祝生活愉快。

目次
contents

半場臺灣

適應春風

人情風景

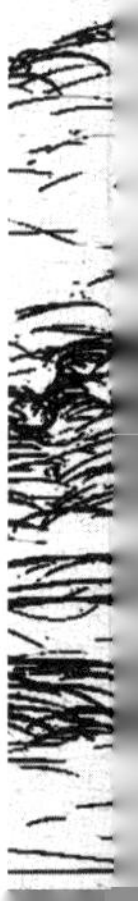

生活細味

間歇鄉愁

藝文拾光

半場香港

想想舊地

想想故人

半場／臺灣

Taiwan

適應春風

垃圾車，別跑！

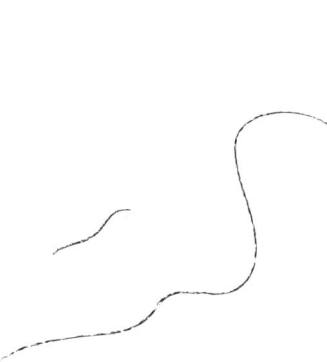

剛來到臺北的頭半月，最令我和太太困擾的事情，是垃圾的處理。我會用「處理」這個如此正式的詞語去形容這件生活瑣事，那是因為在臺灣，對待垃圾的態度跟在香港是不同的，我們花了很多工夫時間去適應。

這裡的人都要把廢物，即是香港慣稱的垃圾，好好地分類，當中的分類更是比香港仔細，大概分為一般垃圾、廚餘、紙品、塑膠，而塑膠只是統稱，它更可分成保麗龍、塑膠器皿、塑料包裝等等，它們要經洗淨後才能丟棄。每種

類型的廢物都要分別包裝，一般垃圾更要用政府規定的藍色膠袋包好，工人才會收取。

這裡有小部分的高級住宅，樓下設有垃圾收集處的，住客可以在那裡棄置垃圾。但一般民眾的住宅都是數層式的公寓，形式如香港的「舊唐樓」，居住戶數不多，沒有這種收集處，也沒有清潔工人會到各家樓層收集垃圾，因此每家每戶都要按時到菜市場門口的垃圾車定時停泊街站去棄置垃圾。

我和太太第一次拿著垃圾去追車便鎩羽而歸，因為那天是星期三，原來星期三和星期日都是垃圾車公休日。於是我倆便在那個浪漫的黃昏，揪著四袋垃圾下四層樓梯，然後再抱著它們完完整整地再走上那四層的樓梯。

還有一次，我們把包裝家具和大型電器的紙箱折成數大塊紙皮，帶到垃圾車前，但工人不收，說星期一、五才收紙類廢物，最後我們便又要把紙皮們帶回家。它們乖乖地在陽臺曬了兩天太陽，才給送到該去的地方。

去了幾次等垃圾車，我開始認得一些面孔，我發現了這位阿嬤天天早半小時來，會坐在樹下的路邊望望路過的人，也望望走過的街貓；我也記得那位老杯杯（臺語伯伯之意）每天會早五分鐘從對面路口走來，向迎面見到的人都揮揮手和點頭打招呼。到去了十次左右，大家都認得我了，這些阿嬤阿北知道我是新來的街坊，便開始和我閒聊家常，說說哪裡的菜賣得比士東市場便宜，那間叫康是美的橙色店子賣的抗敏牙膏正打折，比路口的屈臣氏便宜三十塊臺幣。我跟他們每次天聊天的經歷，都是由對方引起，他們是如許主動，過程又是如許的自然。

沒想過等垃圾車的時間，對這裡的人來說，是跟同住一區的人社交聯誼的場合。他們每天說的都不一定是新鮮的話題，有時更會是昨天閒話中未完的延續。說甚麼也好似沒所謂，總之最後都是以微笑和揮手告別話題。

我跟某些街坊，甚至已經談了整個星期，由甘蔗雞和文旦在哪家店買會較實惠，談到遙遠的經濟和政治，但熟絡的程度，亦只能知道對方的狗叫甚麼稱呼，但都不知道對方姓甚麼。大家對對方都很寬容，反正大家明天也不知道會否見到對方，談不攏後怕明天尷尬，大不了便去另一個街口等垃圾車。而那種如無重狀態的溝通，對我這個香港來的人很陌生，但卻很適合本身不喜深入交際的我。

垃圾、廢物的處理，成了我們適應臺灣生活的課題，但這件事情卻令我們多了解我們一向稱之為垃圾的廢物，那是我們一直沒承擔的責任。那其實是環保的責任，我們想在這裡繼續呼吸到清新空氣，享受蔚藍的天空，就是從廢物的分類和棄置方法去做起。我已適應了分類的方法，清楚垃圾車的靠站時間，以及聽熟了垃圾車播放古典音樂的節奏。關於那段在公寓間繚繞的音樂，我後來在網上查過，原來那是貝多芬所作的《給愛麗斯》。聽著貝多芬，我拿著藍色的垃圾膠袋走在小區的路上，追逐垃圾車的急步彷彿也成了優雅的舞步。這件已不是甚麼苦差，成了談談天，跳跳舞的事情，而且每天有這種強身健體的社交活動，對我的第二人生來說，其實有益身心，也不錯呀。

臺灣餐桌日常

自問自己不是一個挑食的人，這也是我的朋友共知的事實，他們都會慣性地把他們不愛吃的食物分給我吃。記得中學的午膳時候，我都會和同學同桌吃飯，每當大家發現有不合他們口味的食物，例如同學Ａ不喜歡吃套餐包含的餐包和牛油，而同學Ｂ不想喝套餐內的羅宋湯，這些被人遺棄的食物之後便會通通有條不紊地跑到我面前。

有朋友批評我的味蕾有神經殘缺，正式來說是「舌殘」，造成我對吃的味道要求太低，年紀輕輕已經喪失了品味菜色的能力。但我卻不以為意，更感謝上天賜我如此得天獨厚的舌頭，使我吃甚麼都津津有味。別人吃出來的苦我吃不出來，而別人吃不出的甘甜，我的味蕾卻能照單全收，把美味的快感分析得鉅細無遺，而且在送到我的味覺神經前已經把數據爬羅剔抉，只留下美好的資料傳到我的腦海中開檔儲存，讓我吃得比別人多，能記取比其他人多的美食回憶。

因此，我每到任何地方，都很關心這地方的美食，其排行比風景更為高位。如此想來，我看似對吃這方面無甚要求，但我心底裡明白，我其實是比其他人更執著。如果這個地方的美食不能給我好的印象，我是不會喜歡這個地方的，而且旅行探訪的動力也很低。

可想而知，我當日決定移居臺灣，那是何等慎重，何等認真去考慮臺灣有沒有好東西吃。這個地方的美食記憶，經過了十分多次的旅行測試，我的腦海設下比武擂臺，把跟臺灣有關的資料精密分析，跟不同國家的味道檔案作過上萬次的比拼比對。臺灣的美食，當然是通過我的寶貝味蕾才會成為我的選擇。因此我在移居前已對當地美食投了信心一票，非常放心。

不過，所謂掛一漏萬，想不到飲食的文化與習慣除卻食物本身以外，還包含了很多想不到的細節，生活久了，我還是發現了機關算盡也會有算漏了的地方，那些紕漏為我的餐桌日常帶來了挑戰。

首先，我本來以為兩地分隔不遠，肚子的結構應差不多，飢餓感冒出來時肚子便會叫，叫的時間應該亦相差無幾。想不到的是時間可以在餐桌上從中作梗，兩地人的肚子竟有如此不同。

香港和臺灣的地理位置，本來是沒有時差的，但兩地人肚子叫的時間，卻有時差。關於這方面，以前我是觀光客，只在此地吃吃喝喝數天便回家，肚子餓時，便在路邊小吃店吃大腸麵線或生煎包餵飽肚子，可謂隨心所欲得很。但是當我成了這裡的居民，要和當地人相約吃飯聯誼，便要跟從當地人肚子的時間觀。臺灣人的肚子所預設的時鐘，相比起香港人，起碼給狠狠地調快了兩個小時，就印象來說，比起時差快香港一小時的日本還要快。

比如說我們吃午餐，在香港是相約中午一時，臺灣的時間卻是十一時，在香港，十一時還是早上，很多人在周末，到十一時還未起床呢，哪會那麼早便吃午飯？起碼到一時才吃吧！

而晚餐時間，在香港一般都約七時或八時的，而我的經驗是，臺灣人一般會約六時左右，更早的甚至會相約五時會合，原因是餐廳會在五時開門，即是說最早的訂位時間是五時，如果餐廳稍為出名，六時才到餐廳，是一定要排隊候位的。

在臺灣住下來，才知道餐廳的開店時間和香港有很多不同，臺灣的餐廳大都是十一時開門，到兩點會有午休時間三小時，到五點才又開門做晚市，那表示臺灣人十一點吃午飯，而五至六點便是吃晚飯的時間。當中最大的不同是午休的部分，這個安排不會在香港餐廳發生，香港的店鋪租金是如此的貴，店門關了的時間俗稱「白交租」，即是白白浪費租用時間的意思，店主怕蝕本，而租金實在是不合理的高，一般店主都真的虧蝕不起，因此大部分的香港餐廳都是大清早開門至深夜，而且天天開店，只敢在新年休息數天。就是因為這情況，我在臺灣吃飯，也要把肚皮的時鐘調快兩個小時。

除了時間要調整，食物的名稱也要重新學習，否則會手執菜單也不懂點菜，在市場也休想買到你要買的食材。

臺灣和香港兩地的人都認為多吃菜有助消化，重視於正餐攝取纖維，餐桌上幾乎都必定會見到蔬菜的蹤影。臺灣的綠色蔬菜更會盛在小碟子當涼拌小菜，供食客按喜好，在冰箱中取用，這一情況則未曾在香港遇見。相同的一點是兩地都會吃燙熟的蔬菜，那比起到只吃沙拉的歐美國家易適應。我和太太以前到歐洲旅行，都吃不慣沙拉，碟子中冷冰冰的植物，觸口冰涼，味道又單薄，吃任何一種生的蔬菜都只有橄欖油搞混上黑醋的油膩感，連續吃兩三餐，真的起通便之效，因為腸胃必定不適。

可是，雖然兩地對蔬菜的烹調方法相若，但臺灣大都只會見到燙或炒的方式，燙青菜只會在菜葉上灑上醬油膏、蒜酥和紅蔥頭，作為香港人，一定會懷念豉油，因為一定吃不慣質地黏稠的醬油膏。香港人用豉油做的菜式，臺灣人很多時候都會換成醬油膏，鹹味之中帶甜，口感濃稠，舌頭黏黏糊糊的，有種被黏液囚禁的難受。而炒菜則可以在熱炒店看得到，但多數只會淋上沙茶醬去炒牛肉或羊肉，其配搭不如香港的大排檔多樣。

港式小炒會用上不同青菜配搭海鮮和肉類，幾乎甚麼食材都能配合蔬菜一起炒，通菜炒牛肉可以，豉椒炒牛肉亦可，能用上的醬料亦較多，臺灣常用的沙茶醬當然可以，還可以淋上混和一起的豉油和熟油，也會用上剁碎的豆豉和麵豉。後兩者我在臺灣甚少見到，而臺灣也有豉油的，叫作醬油，豆香不及香港的頭抽和生抽王馥郁甘香，鹹味是足夠的，但層次感較單薄，種類也沒香港那麼多，選擇較少。

值得一提的是兩地燒菜都會用上腐乳，這是不出奇的，中國各地都有自家方法製作腐乳，外國人更把腐乳稱為「中國乳酪」。但臺灣人只用白腐乳，不會用加入紅麴米，俗稱「南乳」的紅腐乳下菜。不過，近年臺灣流行吃港式餐點，「南乳雞翅」是菜單上的新寵兒，很多港式餐廳都能吃得到。我和太太都覺得奇怪，因為港式雞翅應該是「生炸雞翅」或「豉油王雞翅」，「南乳雞翅」反而在香港是少見的。

兩地腐乳味道不同，香港的較鹹，要按菜式需要以調合砂糖應用。有些老一輩香港人甚至可以用灑上砂糖的腐乳下飯或塗麵包，鹹味和甜味在味蕾交纏，再混入白飯的米香，風味會更上一層樓，那是很多人的童年「窮風流」回憶。

而臺灣人好甜，部分腐乳買回來時已加入砂糖，有些更會加入麻油或麻辣油，令它更可口。腐乳在臺灣應用範圍也更廣，香港一般只會加在通菜或生菜上，但臺灣人會在更多種硬身的蔬菜上加入腐乳，我見過他們會用腐乳炒韭菜和高麗菜，高麗菜即香港人叫的椰菜，我和太太看見後都搖一搖頭，不敢吃。

說起臺灣人好甜，想起一次吃漢堡的情形。我和太太吃漢堡到了天母一間專吃美式漢堡的小店吃午餐，我們當時初來臺灣，為了好奇，點了菜單上標明具臺式特色的漢堡。太太每次第一口吃食物時都慣性狠狠地咬一大塊，然後痛快地吞進肚裡，但她這次啃了一刻卻差點兒吐了出來。我問她為何要吃得那麼醜，她皺著眉說：「包中有怪味，為何漢堡包會有甜味？」我拿起漢堡吃一口，用舌頭在口腔翻滾搜索，找到了兇手：「啊，是花生醬！」

原來塗花生醬正是臺灣特色，我來臺前已知新竹出產的花生醬很出名，福字牌的花生醬在香港的高級超級市場也有售，因沒加入防腐劑，花生味香濃撲鼻，油脂保留得更多，口感柔軟順滑，不過很快便會過期，因此每次買來都要趕快吃。

不過，我想不到臺灣人喜愛花生的程度是如此的深，連來自西方的漢堡也加入花生醬，弄得甜甜的，外國人未必能接受，不過卻幾乎所有漢堡店都有售。

我對此是有點意見的，臺灣人既然如此鍾愛花生醬，那為何這裡的港式餐廳賣的西多士，內層塗的多是南洋來的咖央，而不是港式茶餐廳慣用的花生醬呢？是不是咖央才合乎臺灣人好甜的要求？我真感大惑不解。

「塗花生醬的西多士才是真港式西多士啊！」我每次在臺灣的所謂冰室都想如此這般疾聲大呼三次。

對於漢堡的花生醬甜味，我們是不敢恭維的，更誇張的是，還有花生醬釀得飽滿的蛋捲，後來我們還發現了花生味的冰棒和冰淇淋，連夏日的刨冰和豆花也要灑滿煮熟的花生，可見臺灣人不只於花生醬，其實是無花生不歡，真正是「花生粉」。

話說回來，我們雖然不懂得欣賞花生的甜美，但臺灣出產肉類的甘甜，我們卻是一致讚賞。臺灣的肉類，味道真是比香港的香甜，不論雞、牛、豬，通通都帶著一分甘甜，可謂「同肉不同味」。我和太太都深思其因由，可能跟兩地運輸過程之不同有關。香港的肉類都來自內地及外國，路途遙遠，為免肉類變壞，全都經過冷藏處理，肉的鮮味在這個過程中流失掉了。相反，臺灣的肉大都來自本土，不經冷藏或急凍，保存新鮮的肉味。有些店鋪更會在餐牌上列明了食材為溫體牛、溫體豬或溫體雞，那即是說店家用的肉是當天凌晨屠宰後，便即日運來店鋪，肉還保留了生命的溫度，那就是溫體之意。每塊肉都是最新鮮的食材，肉質比冷藏過的更有彈性，肉味也更鮮甜，就連從骨頭溜出來的乳白色骨髓也甘香得要命。這裡的人對於食材的選取都不盲目崇尚舶來品，很多店鋪都在店門標明自家的肉來自本土，那是品質的保證，感覺帶著一分自豪。

臺灣出產的肉類質素很好，但價錢不一定會賣得昂貴，因為有些部位他們用不到，便會賣得出奇地便宜。

我再分享一段經歷：我們發現這裡的肉特別甜，是在家「煲湯」（臺灣稱為熬湯）時發現的，而且我們亦發現這裡的豬骨比香港賣的實惠多了。話說臺灣人都只會煮湯，即是香港人所講的「滾湯」。他們日常喝湯水都只是在水中加入鹽、米酒、薑絲、蔥花、芹菜、胡椒粉和九層塔，再配以青菜和排骨、虱目魚、蚵仔和蛤蜊等肉類配料，煮熟了便上桌。雖然煮湯的過程簡單快捷，但味道也實在鮮美。

臺灣人很少熬湯，絕少會用上數小時去熬湯。廣東人則不同，他們融合了中醫食療概念的「煲湯」文化，湯料會搭配藥材，並花上半天去熬出它們的精華，目的是將一鍋尋常的熱水炮製成有補身療效的老火濃湯。不過，我真要感激臺灣人鮮少熬湯，因為那才讓我發現原來飲食習慣之不同，也能帶來好處，否則我在臺灣哪可能輕易買到那麼鮮甜和實惠的食材？

而且，在臺灣買用來熬湯的豬骨，即是香港人在街市俗稱的「煲湯骨」，也沒有我們來臺前所想的困難，只要到超級市場都能找到。豬骨在這裡叫「豬背骨」，名目稍有不同。臺灣人烹調都不會用豬骨，只用排骨，因此在香港賣得很貴的豬骨，都給當成冷門貨品，給放在冰鮮貨架的最高或最低處，總之就是不起眼，因此我們剛開始在這裡生活時都沒有發現。正因為這裡的人不會用，豬骨都賣成了賤價貨，超便宜。一份適合熬湯份量的豬骨，只賣49元臺幣，在香港則起碼要叫價49港幣了。因此，對於這裡的食材質素及價錢，尤其於肉類的選擇，我和太太都很輕易便適應。

不過，食材的名稱，臺灣和香港真是大不同，因此要在臺灣買到合用的食材，也要在此生活一段日子，花一點精神和時間去觀察和學習它們的不同稱呼，才可以買得得心應手的。例如椰菜叫高麗菜、唐生菜叫大陸妹、芥蘭叫芥藍、芫荽叫香菜、番薯葉叫地瓜葉、翠玉瓜叫櫛瓜、粟米叫玉米、雪耳叫銀耳、眉豆叫眼豆、花旗參叫粉光參、蠔仔叫蚵仔、花蛤和蜆分別叫蛤蜊和蜊仔。太太因為要用上眉豆和花旗參煲清熱的湯水，在迪化街的乾貨店找了很久也找不到，就是因為搞錯了名字，老闆根本聽不明白我們要買甚麼。

來臺灣頭半年，我覺得食材名字中最難記的是魷魚，因為太複雜了，在香港不論大小，魷魚就是叫作魷魚，只有一個名字。但是在臺灣，牠們的名字卻按體積大中小而有所不同，像極宮崎駿創作的龍貓，分得很仔細，大的魷魚叫透抽，中型的叫中卷，小型的叫小卷，而花枝就是香港人叫的墨魚。可能是因為牠們是這裡的特產吧，產量很多，賣得比香港便宜一倍有多，是當地的國民食材，早、午、晚餐都見到其蹤影，因而備受尊重。

另外，在臺灣是永遠找不到香港人慣吃的菜心的，要離開香港才知道每天吃到的菜心是如此的獨特珍貴。臺灣稱為菜心的蔬菜，是一種叫萵筍的菜，口感比芥蘭還要爽脆扎實，人們主要吃其粗壯的莖部，切片後適合下火鍋用，它跟香港的菜心其實是兩種不同的蔬菜。我和太太曾經試過拜託菜市場的蔬菜店老闆娘幫忙找菜心，她看過手機上的照片後，說：「這種菜在臺灣不叫菜心，叫油菜，不過莖部較為粗糙，不易咀嚼，南部人種這種菜是用來餵飼豬用的，又或者當成肥料種菜，正常的人絕不會食用。但你們要的話幫你們試試訂貨，好無？」我和太太聽後當場呆了半晌，最後都放棄訂貨，因為人離鄉已經夠賤了，還要淪落至從豬口中把菜心搶過來，內心真的有點兒難過。

兩地飲食文化之不同，原來遠超我和太太所想，而且還有很多我們還未發現的地方。而香港人作客臺灣，來到別人的餐桌，真要記清楚用餐時間，否則三餐都要吃閉門羹時不要錯怪別人。還有，食材的當地名號要弄清楚，懂得叫臺灣人吃的菜式名字，那麼走進熱炒店，才能點得到好下飯的三杯透抽和芹菜炒花枝，再加配一瓶18天臺灣生啤，充一晚的「真臺客」。

在月球漫步看風景

臺北餐廳的環境，一般來說都是寧靜的，因為食客聊天的聲音都算是節制的。不過，當聽見鄰桌傳來熟悉的廣東話鄉音，我和太太就算和同鄉相距數張餐桌的距離，還是可以分辨出來。因為壓得多小，急驟起伏的廣東九聲依然是世間最響亮的語言，談話內容也能聽得一清二楚，可謂聲聲入耳。

有一次，我們聽見來臺旅遊的港客，說起臺灣人做事欠效率的情況，他們看臺灣人工作，好似看著月球人漫步。但是，在他們後來的討論中，卻聽出他們又出奇地羨慕臺灣人這種沒效率的表現，因為那合乎「慢活」的精神，那正是他們在香港生活時很想選擇，但卻不能選擇的運作模式。

使人既羨且恨的「慢活」精神，聽起來真的莫測高深，但就字面解釋，「慢活」應只是緩慢的生活節奏之意吧。不過慢和快，是相對的概念，要弄清楚何謂「慢活」和「快活」，我也只能從港臺兩地生活意會。不過，有一些觀察是肯定的，在臺灣的確做很多事都不能快的，連最尋常的事情，例如過馬路，在臺北是很難快的。這裡的交通燈跟日本是一樣的，每次燈號循環轉換的過程，都附設倒數的提示燈號，令途人過路時對燈號轉換時間心中有數。而香港是沒有這種提示的，只在綠燈轉成紅燈前數秒，燈光才會一閃一閃，催促過路人的腳步要快了。

我數算過了，香港交通燈每次轉換燈號，相隔時間是很短很急促的，每次綠燈閃耀的時間大約有30秒吧，不足一分鐘的，交通燈便轉顏色了。而臺北的，綠燈停留的時間足足有70秒，不過，紅燈停留的時間也相應地比香港長，一般有三分鐘，也有更長時間的，有些地方大約要五分鐘。我剛開始在此地生活，是不習慣的，在等待交通燈轉換燈號的過程中，內心咒罵設計交通燈的人不下五六次，心中有股衝出去硬闖馬路的衝動。但日子久了，站在馬路前的時間，我學懂了去看旁邊的人和事去打發時間，心態上就是東看看，西看看的心情，總之就是漫無目的地看。對我來說，那種感覺是陌生的，一個站在馬路前的中年港男，頓成了一個重新開始去學習生活技能的小孩一樣。而且，慢慢地過馬路時看的景色也有不同。

30秒——

70秒——

30秒和70秒的時空，每樣事物流逝的秒速，原來是不同的，70秒令事物在我身邊停留更久，慢速的時間就如撒種子一樣，給了我足夠的時間去觀察周圍的環境，造就我和更多人與事結緣的相交點。在緩慢的速度中，我卻提取到前所未有的快感，我發現馬路旁邊原來一直花團錦簇，我還看見欒樹樹葉似的花朵由綠轉紅，花的顏色隨季節更迭，從滋長到飄落，連帶令我對這個新的定居地也看得更真切。

家住臺北蛋黃區的邊陲，從香港來探望的朋友多數約我到臺北蛋黃中心的市區吃飯聚會，我最傷腦筋的是交通時間，因為很難預計，所以我不時會在赴約時遲到。原因是在臺北不論是搭捷運或公車，都比在香港費時，交通工具的班次都較疏落；公車班次的時間要十多分鐘至半小時一班，有些更要一小時才來一班，而捷運已比公車的間隔時間快，但有時也要八分鐘才來一班車。臺北連接各區的快速公路比香港少，車龍沒有分流，而主要幹道交通燈密集，弄得汽車和機車都只能擠在交通燈前等紅燈。到車龍蠕動了，也只能在路上以龜速爬行。因此同樣距離的交通時間，臺港兩地起碼差了一倍有多，所以每當朋友催促我快點到約會地點，我都只能安慰他說：「放心，我已剛剛從公車下車，轉了捷運，應該走得較快了。香港人，在臺北嘛，要『慢活』，享受一下啦。」

在臺北，市場也是一個連上了「慢活」結界的空間，買菜的速度也不能快，因為市場店鋪內無論是乾貨、海鮮、肉和蔬菜通通都沒列明價錢，每次買菜都要逐間店去問，跑到不同店鋪去比較價格，老闆又喜歡閒聊一陣子才問你買甚麼來著，很費時間和心機。明明五分鐘便解決的事情，卻要花上半小時或更長的時間去處理，為甚麼呢？我在一次搭乘 Uber 時，跟司機搭訕閒聊過這個市場不標明價目的現象。我本以為他會跟我一樣，覺得這安排浪費顧客的腳骨力和時間，不料他卻高度表揚這風氣，他說：「貨品沒價目，即是可議價，那你便可以跟他殺價，即是可以比標價目更實惠的價錢買到貨品啦！那是鼓勵溝通的表現！而且表明價錢，人人都把不同店子的相類貨品比較過去才去買貨，那標價較高的店子便沒生意了，那就傷害隔壁賣相同貨品的老闆啦，那是顧及人情味的表現！」

原來買菜買得「慢活」，也可以教人細意品嚐到臺灣人的人情味。而說起人情味，我是不得不認同的，人情味有時真的要在較長的等待時間中才能熬煮出來，而細味人情的能力，也要花點時間才能慢慢培養出來。我家附近的士東市場，有一家只賣手搖茶和咖啡的小店，老闆娘沖的茶是「慢工出細貨」，情味比茶味濃厚，但等待的時間比一般手搖飲料店多兩倍，若然時間倉促我們都不敢去光顧。

老闆娘的小店因為人手不足，每次只接受數張點單，完成手頭上的點單才再接生意，排在後面的人只可以乖乖等待。她會一面沖茶，一面跟在店內閒坐的顧客閒話家常，茶嘛，慢慢的沖；果茶或烏梅茶在搖均勻後，老闆娘會先把茶水倒進小紙杯中，遞給顧客試試味，然後問：「帥哥，茶味夠不夠濃？夠不夠甜？甜味不夠的話可以加糖。」甜度調整合適了，便可把茶水倒進大杯中封口，有趣的是，當倒滿一杯後，多出來的茶也不浪費，會倒進剛才用來試味的小杯中，讓顧客一併帶走。買一杯手搖茶，來個買大送小，茶價亦不過是一個50元銅幣，而且帥哥買到的，還有臺式老媽招待的二十至三十分鐘的按身量度的情感交流，其待遇之高級令人以為自己提著回家的是一瓶竹鶴21年份威士忌。

由此觀之，「慢活」有時真的能帶來不錯的待遇，而這種待遇不單止於人類能享受到，連動物有時也會「因慢得福」的。我家老狗患有心臟病，每隔三個禮拜便要到動物醫院回診和取藥，我慢慢發現，每次預約的時間只可以選每一鐘點的正點或者三十分。原來這是臺灣的動物醫院慣常做法，每半小時只為一隻寵物看病，當天額滿便不再接受預約，不會為了多賺錢而把醫生的會診時間填滿。因此急於看病的寵物，也不能即日預約看診，只可以預約另一天的配額，努力在家撐著。雖然有時會為要看急診的寵物造成不便，但換來的結果是我的狗每次會診也不倉促，確定了起碼有半小時，甚至更長的看診時間，醫生照顧每隻寵物時也更細心，跟香港的動物醫院幾乎每小時為七至八隻寵物看診的急速節奏有很大的差別。

生活在臺北，種種生活上的調節，當中時空上的差別感，足以令我量度到兩地的時間觀的分別。這裡不論人或事，運作的節奏的確是較香港緩慢的，但處事卻人性化許多，而且讓我連在過馬路、等車、喝茶時的節奏也可放慢下來，有時間去了解這個地方和身邊的人，有餘裕的空間去把握新生活的節奏。我們生命流動的速度能夠減慢下來，這就是我一直想追求的「空間」。我就是在這個「空間」中，重新去認識臺北的風景。我們可以在這等過馬路時多出的40秒「空間」，重新把握生活應有的節奏，和自由地欣賞更多花的顏色和人的笑容。陽光之中的美好心情其實一直都在我們生活的「空間」中存在，只是它們在以前短促的「空間」中，在眼前的一瞬間滑過了。

前一陣子，已移居荷蘭的朋友一家來臺旅行，我們相約吃溫體牛火鍋，飯後我們同在捷運月臺等車回家。他的女兒小時候在香港生活過，我問她會否不適應臺北捷運的班次，想不到她的答案是：「不會，臺北捷運的班次算是頻密了，搭車到哪裡都快捷，在荷蘭等地鐵更慢，每班相隔半小時。」我朋友搭腔說：「正是呀，外國人做事都很怠惰，幹甚麼都比東方人慢，在荷蘭生活真要學懂『慢活』。」原來臺灣人的「慢活」不單不是專利，而且更不是第一，那真是一山還有一山高。

雖然朋友看來不太認同荷蘭人那種比臺灣人生活更加「慢活」的態度，但是我覺得朋友的女兒是幸福的，因為她的生活不會被時間拖行的黑洞吞噬，反而能夠以超出我想像的，更慢節奏去看清這個世界。

我分別在香港和臺北生活過，在「慢活」的新生活中，我才能慢慢發現和比較兩種生活的質感。我發現以前在香港的生活的確是很方便快捷，但身體很累，腦袋很脹，心情很壞，根本沒有時間和空間去思想，很多快樂的養分在被我腦海的思考層吸收前，便隨車窗外的風景，往我身後的時光逝去。

既然每一次快樂的時機都是轉瞬即逝的，那麼如能把時間拖慢，時機會否也因此而拉長？年歲漸長的我發現快捷方便的生活不一定是「快活」的，「慢活」反而是人尋找「快活」之方，因為有很多快樂的養分，都只會在身邊躲藏著，人太急太累，生活都給計算精確的速率掏空了，根本沒有心力去發掘和把它們抓著。

當時間慢下來，我們才會去觀察、尋找，繼而發現和領會，這個過程是漸漸的體現，而能讓「漸漸」這個概念產生的先決條件，就是慢慢過度的時間和空間，那即是「慢活」了。

說起「慢活」的速度，我也會想起一個在月球漫步的太空人，聽說人在宇宙生活，時間的步速會比地球上的人走得慢一點。時間走得比正常慢，那豈不是他的生命也會比正常長？關於太空人，還有一事，我自小便感到很好奇：當年美國太空船阿波羅十一號登陸月球時，岩士唐在月面皎潔的銀沙上半飄浮半跳步，以慢悠悠，又笨手笨腳的步調漫步時，所看見的景象是怎麼模樣的？他會否和傳說一樣，迎面而來的是月面上的外星文明？他會不會看見了ＵＦＯ？他穿越漆黑的氣層後，回頭所望見的地球——那個被太陽引力鎖住了的藍星，是不是仍然如他記憶中的獨特漂亮？我相信不論是傳說或風景，都超越地球人的視野，只有岩士唐，在月球緩慢的時態中才能看清它們的全貌。

朋友的語言

我家養了兩隻小狗，來臺北居住後，我會帶牠們到樓下的公園散步。這裡很多人養狗，因此我的小狗結交到不少新朋友，不知道小狗在臺灣結識新朋友時，會否和主人一樣，也遇上語言障礙？臺灣這個地方，有很多種語言同時存在，因在這裡生活的人，來自多元的族群。他們既然是來自多元的文化體系，語言當然有差異，就算大家同樣說國語，音調上的分別也能輕易聽出來。

在臺灣，尤其在北部地區，說國語一定沒問題的，而且國語當然要好好地說，踏足別人的地方，說別人的語言，是一種尊重的表現，而這種表現亦能引伸出日後親密的朋友關係。

說別人的語言說得不好時，是會尷尬的，但從我的經驗中，這種尷尬是一時的，而它所產生的親和力，會比尷尬的氣氛來得持久。漸漸地，朋友會幫你說出你擠來擠去也擠不出來的單字，助你完成句子，詮釋概念，最後哄堂大笑便會結成溝通的果實。

至於其他語言，我也想好好了解，就算句子不完整，也想說一些單字或短語。讀書時，我開始看侯孝賢的電影，很著迷於高捷、林強等演員所說的閩南語，我那時從電影中，得知閩南語才是屬於當地的本土語言呢，這種語言亦叫臺語。而且，演員要說起臺語，才能把臺灣黑幫角頭演得上道。聽臺灣人說，到了臺灣的南部，大概是臺中以南吧，便要說臺語了，因為那才是他們的主流，有些人更會只說臺語，你跟他說國語，他會揮一揮手，轉頭就走，不想跟你多說。

最近看過一套叫《茶金》的電視劇，剛開始看劇的時候，會覺得裡面的角色說的話語怪怪的，覺得有點耳熟，但那不是國語，也不是閩南語，後來才知那是客家語。我的母親是客家人，我到外婆家會聽見媽媽和外婆用客家語談話。我不懂說客家語，但因為聽得多，對客家部分熟語和鄉音頗有印象。

原來在臺灣新竹和南投埔里，住了很多客家人。他們之所以住在新竹，是因為客家人較遲遷居臺灣，不論南部或北部的平原城鎮都已有福建來的閩南人居住，可以安身之地已不多，客家人唯有帶著族人，跑上新竹和南投人口較少的山區開發新地方，因此他們便聚居在山上。客家語在新竹、南投和臺灣其他北部山區也很普遍，這裡亦流傳不少客家美食，例如茶粿、擂茶。

除了早期移居的漢人所帶來的閩南語及客家語，臺灣的原住民族群本身的語言也有很多種，因為原住民也有很多族群，至今獲政府承認的有十六族。他們之所以叫原住民，是因為他們早於漢人移民，更早於西班牙人和荷蘭人的紅毛統治期前，已居住在這個島上。他們雖然是少數民族，數量上的確是少，但他們來得比你早，人們踏足的是他們自祖先以來已經居住的家，因此他們都值得受人尊重。

總統府前的大路叫「凱達格蘭大道」，「凱達格蘭」就是其中一個原住民族，是原住民語言，政府把這個民族名稱放進一條政府大樓前的大路名稱中。而原住民平日說的，都是他們有上千年文化的語言，這是他們的自由選擇，但當你跟他們說國語，他們一樣對答如流，只是我聽來也會帶著一點點原住民厚重的鄉音。

在這裡，我可以選用不同的語言去跟不同族群的朋友溝通和學習，國語當然要好好練習，閩南和客家語也要說幾句，原住民語又說一些，中間加少少手語，便能自由自在地在不同的文化間作交流了。尷尬就讓它尷尬吧，我本身就喜歡搞笑，說幾個不純正的發音，就當成交朋友前的搞笑前奏，那可是溝通的藝術。

語言的另一種定義

太太有一次到中醫診所看中醫，向門前正在分配藥材的司藥人員問：「請問我想看看醫生可以嗎？」她答道：「妳想看康醫生？他今天沒有排班，看另外一位醫生可以嗎？」然後大家搞了半天，司藥人員才聽懂太太不是想看康醫生，只是想隨意看一個醫生而已。這種情況在臺北生活了好長的日子仍不停重演著，不是發生在太太身上，便是出現在我身上。當中的緣由，當然是因為我們的國語還未算流利，香港的廣東話腔調無論怎樣也甩不掉，措詞也是港式的。我倆已由最初的尷尬演變成見怪不怪，就算當地人從彆扭的口音聽得出我們是香港人，轉而用英語跟我們對話，我們還是堅持跟他們只說國語，總之就是不要臉，硬著頭皮繼續說。

事實上，我們在臺北生活，面對最大的困難，就是語言了，那是開展所有事情的起點，是生活的最基本。要在這裡找工作、進修、到銀行辦手續、在餐廳點餐、跟鄰居聊八卦或吵架，通通都要動用上從我們打結的舌頭擠出的語言。因此，我們既然決定要在陌生的地方過新的生活，當然必須要學懂這裡的語言。而這個正是兩個本來不懂說國語的人在這裡生活，最大的、最不能避免的障礙。

二十多歲時，曾到過西安旅行，在火車上結識到一個日本人，他叫田村曉生，為了省住宿費，我和他做了一星期的室友。他是個羞澀的青年，跟我談話，只能說簡單的英語單詞，有時候更要從背包取出袖珍型和英辭典，從中翻找英文詞語跟我溝通。我後來向他請教日語，情境合適便指一指風景或物件，說起日語的單字來，他聽後臉上便掛起興奮的神情，也和我詢問中文的說法。我發現我們的相處自然多了，不覺更會說起對方熟悉的語氣助詞和粗話來，空氣中也因此多了更多天真的笑聲。

我真要多謝田村在二十多年前送我的經驗，他令我一直相信，要打破不同文化的隔膜，最有效的方法便是突破語言上的障礙。學習要有成果，學習動機最重要，打破我和當地人的隔膜，融入新地方的生活圈子，這個迫切的需要成了我和太太學習這個地方的語言的重要推動力。想不到的是，這個學習過程亦激發到我們對身邊事物的敏感度，啟發我們發現到其他新鮮的體驗。

港臺兩地人的語言當然是不同的，臺灣人稱國語為「中文」，廣東話為「白話」，這種稱謂已跟香港不同。而且，中文和白話除了發音不同，措詞和語法更是不同，我發現這兩部分比發音更易造成溝通上的困難，港臺兩邊的人，聊了老半天，雙方都不知道大家提出的是不是同一概念或同一件東西。這種情況在不同場合都可以發生，例如到銀行辦手續，很多術語的叫法都會有差異，那會使我們在銀行花上更多的時間去釐清當中的意思，才能確保自己不會因為辦錯存款的手續而招致損失。

臺灣的銀行很重視客戶的資金來源，因此在臺灣的銀行開戶，要簽下很多「切結書」，以交代資金來源及用途。甚麼是「切結書」呢？我來臺前從未見過這個古雅的名目，原來那即是香港所謂的「承諾書」或「保證書」，那是自古有之的術語。銀行職員要我們簽署時，望見一份又一份寫明是「切結書」的陌生文件，我們在剛開始時可以說是「沒概念」的，因為在香港銀行辦開戶手續真是簡單太多了。說一句題外話，「沒概念」一詞即是「不熟悉」之意，這是我跟公寓鄰居學習的措詞，我一搬來臺北的公寓時，鄰居便跑來問我的狗會否在半夜吠叫，打擾公寓的安寧，因為這裡一直沒人養狗，他對這方面，是「沒概念」的。

至於在銀行辦事情，還要學懂一些重要術語，例如「加息和減息」，這裡叫「升息和降息」；「利率」亦不以「厘」或英語「Percent」作計算單位，這裡叫臺灣的自創字：「趴」作計算單位，應為英語「Percent」一字發音開首之諧聲字也，例如利率4厘，這裡稱為「4趴」。還有，非本地人申請戶口要經多重關卡的審核，因此銀行財務主任會叫我：「要等待一下下啊。」可是，一等便是兩個禮拜。

談到「一下下」，這個用語適用範圍可廣泛了，它的意思是「一些」、「一點點」、「一陣子」、「不嚴重」，我第一次聽到這措詞，是在動物醫師口中聽過來的。醫師為我的狗打針，說：「狗狗，我要打針嘍，要忍耐一下下嘍。」他又說：「今次小狗要吃的藥分會多一點點，爸爸餵小狗吃藥時要注意一下下嘍。」這個強調輕微程度的用語真的很好用，用於欲輕描淡寫地敷衍了事的情況尤其合適，我和太太之後都經常掛在嘴邊。

此外，我從鄰居身上也學到一些帶古風的用詞，最近隔壁的公寓正門大閘上的告示板，貼上了一張由鄰人用馬克筆書寫的告示：「各位芳鄰：近日有宵小闖入，敬請隨手關門。拜託大家，謝謝。」我太太問我「宵小」是誰？我們認識的嗎？我答道：「妳不會認識他的，他只存在於武俠小說中，我看過金庸的小說寫過這種人稱，多指『毛賊小偷』的角色。」這張告示教我們大開眼界，我肯定這樣古雅的用詞，不會出現在一張香港人寫給鄰居看的文字資料中，如此有大俠風範的告示誰看得明白？臺灣人的用詞有時就是如此古雅，而且還會帶出聯想的趣味，又例如「直球對決」，這個俚語配合體育運動去聯想才會聽得明白。它是從臺灣人愛好的棒球運動借用過來的，原本是投手不投變化球了，要使出看家本領，盡力投出直球，跟擊球手對決之意，現在引伸為正面較量的意思。這裡的日常慣用熟語可以是從不同範疇搬過來的，除運動之外，更多是來自臺語。

有一次，樓下鄰居的陽臺天花漏水，那裡住了一位阿嬤，她用帶臺語腔調的國語說那是由於我的陽臺出水位置損壞所引致的，排不走的污水都跑到她的陽臺天花去了，因此要跟我談處理方法。我當然用帶廣東話腔調的國語回應，但怎樣都談不攏，阿嬤總是板著臉兒。我之後請我房子的房東親自跟阿嬤商量，房東第二句話開始便由國語換成臺語，談不夠十句話，阿嬤的臉孔便放了下來，展開咧嘴的笑容。房東回頭跟我說：「搞定了，您放心。」

望見阿嬤從烏雲中冒出的笑容，我完完全全體會到在這裡生活，懂臺語的必要性，語言真是人際關係的潤滑劑，親切感有助更快捷地解決很多紛爭。想深入一層，以我這種新住民的背景，如果懂得說臺語，那可能更有效果，因為當地人可能覺得外來人是尊重自己的文化，所以份外欣賞。我想起以前在香港的街頭球場打球時，也曾遇到會主動說廣東話的南亞裔人，哪管是一句：「早晨」、「唔該」、「我跟隊」，或者是一句親切的粗話，也會教我感到份外親近，和他相處也會格外的友善。

因為他不會用你聽不明白的語言去壓過你的聲音，而是以你聽得明白的語言向你表達訴求，任誰都看得出那是建基於一份平等、尊重的心態。

尊重是相處之道的核心，這個道理，到哪裡都通用，我想這個道理放在臺灣也是一樣行得通的。我記得以前當教師，每逢新的學年開始了，都要跟學生定上課的班規。我會把班規很簡潔地寫在黑板上，板書只有「尊重」這二字而已。經過我二十年的教學生涯去驗證，這個班規很有效，上課氣氛良好，師生相處融洽。因此，我認為「尊重」是人與人相處時最管用，最無所不包的道理，而到了別人的地方，說別人的語言，正是最有誠意，最直接表達你有多尊重人家的表現。

於是，基於尊重，以及為了更容易跟樓下的鄰居阿嬤談到一塊去，我和太太報讀了學習臺語的課程。授課老師是一位已年屆八十的阿公，他每次上課都精神奕奕，腰挺得比松樹還要挺拔，而且說話又幽默，我們都很喜歡在每一個周末上他的課。

老師開課便教我們分辨臺語的聲調，我發現臺語跟廣東話在這方面是出奇地近似。臺語，即是閩南話，跟廣東話都是從唐代以前已流傳至今的遠古方言，前者流傳於福建的南部至廣東的東部，例如潮汕一帶，而後者則流傳於廣東及廣西地區，就區域上，兩種語系其實是鄰居。我的太太是潮州人，她上課時不時發現老師的用語及發音，跟潮州話很相似，有些甚至是一樣的。而老師也說我的發音太爛了，太太講的臺語聲調拿捏得比我好太多，他說臺語聲調經常出現變調的情況，變調轉得準確，臺語才會講得好的。

臺語聲調分為八聲，可排列平上去入，各分陰陽，跟廣東話的九聲相類近，只比後者少了入聲中的第八聲中陰入。臺語的調音法也是用「天籟調聲法」，以「東董棟督，童董洞毒」八字的發音呈現八聲的高低，聽起來跟廣東話的一至七和九聲是一致的。因為我以前教學生寫近體詩，也要教九聲的原理，這方面的分析我可以辨識得到，但要實際說一句神似的臺語，則不能靠理論。上完課後，懂理論的我只能說出爛臺語，只能說出名字、數字、食物等等簡單的單詞，我跟老師說：「『零』字的意思和讀音最易記，因為『零』字不分文白，讀音都是 khong，即廣東話『窮』字的讀音。哪管你是臺灣人，還是廣東人，都是一樣，最怕的就是窮，因為人窮便等於一切歸零，甚麼都沒有的意思了。」

而我太太則不理甚麼理論，卻能憑藉說潮州話的經驗，說出聲調較合標準的臺語來，老師讚賞她比只懂胡言亂語的丈夫出色多了。

其實我太太懂得說潮州話，學臺語真的有優勢的，因為臺語跟潮州話這兩種方言是同源的，兩者的發音有很多相似的地方，用詞方面尤其明顯。例如臺語所謂：「家己人」，即自己人之意，跟潮語用詞是一樣的，讀音也一樣是：**ka-ki lang**。又如一些稱謂，如祖母或外祖母都叫阿嬤 **a-ma**。

另外，我發現臺語和廣東話中的「仔」字用法也有一些相似之處，兩者都會將「仔」字廣泛地應用，這跟國語是不同的；國語會用「小」字放置於名詞之前，表示「細小」之意，但臺語和廣東話都會以「仔」字取代「小」字，並放置於名詞之後，而且它亦引伸出「細小」以外的其他意思，有些更是可愛之極。例如：小男孩叫「囝仔」、小女孩叫「囡仔」，後者跟廣東話用法一樣。此外，臺語更把「仔」字的意思發揮得淋漓盡致，例如：蠔仔叫「蚵仔」、蜆仔叫「蜊仔」、尾指叫「指頭仔」，尾趾也叫「趾頭仔」，手機叫「手機仔」；也有一些是把「仔」字放在名詞中間的，例如：白飯魚即是「魩仔魚」、茶粿即是「草仔粿」；加入「仔」字的時間概念更有趣：「今仔日」即是今日、「早時仔」即是早上、「下晡時仔」即是中午、「暗時仔」即是晚上。算起來，臺語所用的「仔」字是海量的，可能比廣東話更多元及徹底，而且用得有點感性，使死物和刻板的概念聽起來更有情感。

另外，國語不以「未」和「無」字放置於句末作為問句的意思，但臺語和廣東話都有這種語法的運用。例如「未」臺語問候人：「吃飽沒有？」，會說成：「食飽未？」；臺語問人：「好不好？」、「知不知道？」、「方便嗎？」、「有空嗎？」會說成：「好毋？／好無？」、「知毋？／知無？」、「方便無」、「有閒無」。我覺得這方面是臺語跟廣東話最相似的地方。兩者詞組結構相近，語意上很容易理解，發音也可以用生吞活剝的方法儘量去記，但要把轉來轉去的臺語聲調唸得神似，卻很艱難。

不知道老師是不是想勉勵我，他說：「你以前一直在香港生活，那裡的人都只說廣東話，到了一大把年紀才來臺灣，不懂國語和臺語也很正常嘍，那有何出奇呢？各地都應該有自己的語言，臺灣南部的人大都只說臺語，好些人都不懂說國語。當他們要和北部人溝通，也要勉強地說，雖然沒你說的國語那麼亂七八糟，但也說的很蹩腳的，不過說話嘛，重點就是令大家都知道你是想跟他交朋友，足以令朋友聽得懂你的心意，能作基本溝通便行了。」

聽過老師的說話，我的信心是加強了。因為關於他所言的溝通目標，我覺得說廣東話的人和說臺語的人，都一定能做得到，因為兩種語言實在有太多契合之處了。好些事物無論發音以至意思，都很接近，就算名目不同的，但本質也大致相同。我在臺北生活雖然要面對文化差異所產生的一些矛盾，也生出了需要重新習慣的事物，又要學習新的語言，但它們都不是完全陌生的東西，而且愈深入去認識，愈能發掘出新鮮感來。有時我跟太太用新學過來的語言和詞彙，在家裡有的沒的胡扯一番，實在是詼諧，很有生活情趣。我們每天的談話都多了一點新意，身邊亦多了很多不曾唸過的名詞，因為很多慣常的事物，放在新的地方，都自然而然地給重設成由 khong 開始，語言也只是其中一個項目而已。我覺得這很不錯，每天「早時仔」，都似在新的地方起來。新的語言令我變回一個「囝仔」一樣，有各種等待我去發現的東西，每一天又好像多了一份期待。

花蓮路上的早餐

我曾經因工作到過臺灣東部，那一片藍色的海岸，行程中只能在花蓮短暫停留，我們一行人在一間由同行伙伴介紹的，叫Country mother's的早餐店吃早餐。自此以後，我對花蓮的記憶就是一份豐盛的歐式吐司。

另一印象較深的畫面就是從臺東、花蓮到宜蘭，一段沿著山崖爬行的蘇花公路。以前已聽過在臺灣留學的舊生說，到花蓮遊玩會有一份驚嚇感，因為走在公路上總會生怕有大小石頭從路旁陡峭的石壁掉下來。

到親身走到蘇花公路，令我想起在香港生活時，常常走過的屯門公路。我

從屯門出去九龍市區必走屯門公路，那條公路也是依山而建，路旁的山壁也時見被綠色的繩網包圍，以防山石坍塌。可是，蘇花公路的繩網更長，一張繩網可以連綿十數公里，而且每越過一段山壑又會見到另一張繩網，令人覺得一直走也未能越過危機，相比走屯門公路的危機感只是一瞬。

花蓮路上的山亦比屯門公路的高聳陡峭不止十數倍，夾在群山和藍海之間的車路實在是絕美的，旁邊靠海的岩岸海蝕平臺長短不一，礁石方圓相靠，更是多變。雖然那是花蓮的獨美之處，臺灣無出其右，但是其巨石滿佈的山坡，險峻巖巉，也令走在旁邊的公路上的車輛，顯得步步為營，汽車緊貼山邊，倍感渺小。

我很幸運，我離開花蓮後的一周，才發生大地震。我那時身處臺北，一分多鐘的時空感如從百米深海中游上水面般漫長，但人和狗卻已震得如坐海盜船，那麼花蓮呢？臺北的震度是 4 級，而花蓮是7.2級！震源深度只在花蓮地下十多公里，是一起極度淺層的地震。在新聞照片中看見花蓮很多位處路口的樓房都傾倒了，那我當日吃過早餐的 Country mother's 呢？他就在通向島北的公路旁邊。我在電視只見到當日走過的公路上翻出了數不盡的裂縫，部分路段堆滿從峭壁掉下來的山石，

民權六街
COUNTRY MOTHER'S

有些地方更已斷開了。如果我們遲一星期回家，便不能走這條路了。我記得那條路美得讓我們把車子停下數次，跟同伴站在路邊拍照留念，笑容的顏色在記憶中還是鮮明。但是，我知道地震後，有些地方的色彩已不在了，以後只能在想起花蓮和臺東時，用隨著記憶而流失的顏色和味道把它們留起。

跟同樣移居來臺的舊友在震後互相問候情況，他說以前生活的香港沒有地震，真是福地。我心裡也有同感，但臺灣這星期已經歷上千次餘震，人們都只想著如何幫助同樣生活在同一島上的人，大家的反應都不是急著買機票離開的。地震是地上最不可知的恐懼，但這種不可知也不足以把一地的人震得人心散亂，作猢猻散，那麼這個地方其實也算是一個福地了。而這個地方的福份，就是經過如此重建又重建而建立起來的。

我心裡盤算，蘇花公路是花蓮、臺東等地通往島北的咽喉，它一定會很快再開通的，不同的傷口也會在各方的努力下痊癒。到時我要和家人到那裡走走，讓他們看看山和吃一份早餐，能在喜歡的地方一起做簡單的事情，如常地生活，已是一種值得珍惜的福份。

地在動？是心在動

「喂，樓上傳來頻密的腳步聲，陳太太又走來走去了。你聽，還有移動物件的聲音，我們應該沒有感覺錯誤，真的又地震了。」太太在感到床子搖晃後說。

我在剛感到震動時還不太肯定，但經她一說，便確定地震真的又來了。昨晚兩點多花蓮又發生了六級以上地震，之後又被多起餘震搖醒，這樣的夜晚已不是第一次。

來臺年半，到近來一個月，我和樓上的鄰居的互動，才變得頻密了。可是，頻密的互動並非指涉交談或問候，而是類似一種互相觀察的關係，大家從各自在家所發出的聲音，隔著地面和天花板，猜度公寓大廈是否真的在震動。因為近日地震的頻率實在太頻密了，有時已不肯定腳下的震動或平靜是否真實。

輕微的震動，都會掀動心裡地震的陰霾，對不可知的震動產生虛妄式懷疑。專家說地震的經歷對我們頭腦中的神經也會造成影響，使我們對周遭的震動產生過份敏感的反應，時常覺得地震又發生了的錯覺。

跟在臺的朋友分享這個經驗，他們說也有同感，聽說這是常見的心理現象。恐懼心理會影響生理的反射神經，使我們對身邊物件有過敏的反射動作，那其實是身體的自衛意識所造成的，促使我們的身體趕得上應變，其目的是幫助我們在危機再來臨時逃跑。

朋友在社交群組上提出了一個問題，他說：「我有移臺的朋友在上月的大地震後給嚇怕了，搬回香港，你們也會一樣嗎？」有朋友答他：「好問題。」

那我呢？我心裡冒起的是一種不甘心的感覺，移居是一個很慎重，很沉重的決定。記得當日，我們辛辛苦苦扛著兩隻老狗和家當跨越了一個海峽過來，事前不知辦了多少手續，做過了多少準備，放棄了多少東西。坦白說，要推倒重來再做一次，說甚麼也是老大不願意，大佬，移完又移，玩咩？

移居是一場馬拉松，跑路的過程中會有不同的生理和心理考驗在喘息間湧現，移居的日子也有迎面而來的挑戰，它們像尾隨大地震後的大小餘震，試練人心的硬度，甚至乎會在半夜無間斷的造訪，問你怕不怕。可是，無論移居到甚麼地方，都同樣需要面對這些內心的猶豫與掙扎，只是性質不同而已，就如有些地方要面對的是天氣，有些地方是當地高昂的物價，而臺灣是地震。

其實就算朋友不提問，我的內心在這年半之中，亦已不知自問多少次，走或留？只是今次是因地震而起罷了。我覺得每個人下一個決定前，都應該作過一輪選擇上的比較和交戰，經過仔細考量後，才能篩選出犧牲最少的選擇，這就是我以前唸經濟科時學習的第一課，opportunity cost（機會成本）。每個人經過合理的選擇過程所選取的結果，都是當中犧牲最少 opportunity cost 的項目。當然，當中的 cost 會隨時勢不同而有所改變，但在這一刻，經過比較過後，我想面對的和我不想面對的東西，根本沒甚麼逆轉，我不覺得在利與弊上有多少的轉變。

更何況我們來的時候早已知臺灣多地震，它在清朝時已有個別名，叫：「地震島」。翻查歷史，自明清以來，已有不少為避難的人移居來臺，他們本來都為了逃避各自的恐懼搬來這個地震島，但他們都沒有因怕地震而搬回去，反而在此落地生根，還叫這裡為「寶島」，為甚麼呢？這裡既有寶，同時也有地震，福兮禍所伏，禍兮福所倚。問題的答案不一定是人較喜歡哪一方，而是內心較害怕的是哪一方。

從另一方面去想，地震本來就是居住在這個島上的人，千百年來都要面對的課題，從來都不是新鮮事，是他們的日常生活，作為新來的島民，便要和原住的人一樣，在這個小島互相提醒和扶持，一起找安全的地方生活下來。

我明白逃跑，也尊重逃跑，那是我們生物自衛的反應，就如當手指觸碰到燭火，指頭會撤，非常正常，但逃跑的距離和目的地便值得我們衡量和深思熟慮。一般來說，最後跑到自己認為真正安全的地方便可以了，不一定要走到數百公里外的地方。我是正常的生物，明知危機要來了，當然也會有逃避禍害的意識，但是只要搬到較安全的距離便可以了。

我跟離臺回港的人所面對的恐慌是一樣的，只是回應上是不同的。我現在寄居的公寓已很老，年近半百，跟我一樣老，我們都怕它會在強震中捱不住，因此都會想過搬離，搬到其他較新的，防震力較高的地方。因此我也是害怕的，但我害怕的是沒有錢，我怕窮，怕租不起較新的樓房。但是無計啦，鬼叫你窮咩，地震又怕，窮又怕，頂硬上啦（硬著頭皮上）。

人情風景

有醫無類的獸醫

臺灣人的人情，是真實存在的，而且實在溫暖，每到中秋臨近，我都會想起一段雪中送炭的故事。而那個事情，要從我家老狗 Fussy 剛來到了臺北後，第一次看醫生的經歷說起。

當年我和太太帶著兩隻博美犬從香港到臺北，其中較老的一隻叫 Fussy，已經十六歲，大約相等於人類八十歲。牠的眼睛在移居前半年出了問題，先是左眼角膜出現了鈣化現象，瞳孔前長出一顆乳膠狀的白點，而且隨日子擴散開來，黑色的眼珠白朦朦了一片。再過了一段時間，另一隻又出現了相同的問題。我們趕緊帶牠到灣仔看眼科專科醫生，在香港，寵物眼科醫生是非常罕有的，一雙手可以數得完，因此所收的費用非常昂貴。不過為了愛犬能多看見一天的光明，作為主子也只好硬著頭皮去帶牠去醫治。

醫生在之後半年一直跟進小狗的情況，他說小狗的角膜老化，視力逐漸減弱已是必然發生的事情，而我們可以做的只是減緩這個過程。我們依醫生指示，每月帶牠回診一次。我們也不期望有奇跡，只想 Fussy 的眼睛能多看一天便是一天。我只是擔心到了臺北後，找不到繼續跟進小狗情況的醫生，醫生知道我的憂慮，主動說可以為我們介紹一位在臺大動物醫院任教的專科醫師（臺灣慣稱獸醫為動物醫師，跟香港稱謂不同），他會把小狗的個案轉介給他，這位醫生是全臺灣最知名的眼科醫生，是大國手，而且盡責誠懇，著我們放心。

到了臺北不足一星期，我依照香港的醫生給我們的資料，傳了一封電郵給在臺北的醫師，交代小狗的情況，想不到第二天便收到醫師回覆的電郵：

Fussy 家人，您好！

歡迎您全家移居到臺灣！

希望您們的安頓至今順利。

香港的眼科醫生有提供 Fussy 的資料給我。

我們眼科團隊會協助您愛犬 Fussy 的眼睛健康。

臺大動物醫院為臺灣最大的獸醫教學醫院，眼科門診是在一周的星期四及星期一，我的門診時間在周四下午。

我會請我們眼科團隊的約診醫師協助約診 Fussy 在下周四門診。

若有任何問題，請與我聯絡。

Best regards

林醫師　敬上

收到電郵，我們便即打電話預約醫生，接聽的約診醫師說由於醫院的預約太多，一般情況要主人清晨六點來醫院輪候掛號的，但林醫師說從香港醫生傳來的資料，得知小狗情況嚴重，所以特意向他交代可即時安排預約看醫師，讓小狗早一點得到照顧。

更加意想不到的是完成預約之後，我們隔天再收到了林醫師的電郵：

Fussy 家人：

若您在臺灣安頓或生活上有任何問題，也請不要客氣可詢問我（們）。臺大畢業生在香港工作及生活的人很多，我和香港來的很多位獸醫系大學部學生或研究生也很熟，我和香港或香港人也頗有緣分。若您們在臺灣生活上有不清楚或需要協助或建議之處，都可以詢問我（們）。

祝

中秋節愉快

林醫師　敬上

想不到林醫師還會再傳一封電郵過來。其實當我們收到林醫師第一個電郵後，知道小狗的眼疾能在臺灣繼續得到照顧，忐忑的心情已經安頓下來，已很感恩和安心。而第二封是一個額外的動作，因為林醫師每天要在臺大醫院忙於教學和醫治寵物，可謂日理萬機，他不再向我們交代後續安排，我們也不會覺得有甚麼不妥。因此第二封電郵，對我們來說絕對是喜出望外，我們會想，臺灣的動物醫師都是這樣熱心的嗎？我們對於這份額外的關心，有一種不可思議的感覺。

若說第一封是交代小狗個案交接安排的事務性訊息，那第二封便是關懷兩個初來甫到的新住民的私人訊息。他特意抽空多傳一封電郵問候，物輕情重，其重量跟第一封電郵是不同的。這位動物醫師真的想跟素昧平生的兩個異鄉客談緣分，那是關於人類的，不是關於狗的，他想告訴他們連生活上的問題也可詢問他，並送上中秋佳節的祝福，那就是多於平常的付出，是多走出的一步，是有溫度的關心，是一份雪中送暖的人情。這一封簡單直接的電郵是我來臺灣後收到的第一份禮物，真的令第一次在他鄉過中秋的人和狗，感到雖然不能在故鄉跟家人過節，但節日的溫暖仍然不缺。而且，到老狗應診之後，我們更發現臺灣看專科的醫藥費比香港的便宜數倍，那對手頭緊絀的主子來說，也是足以溫暖口袋的中秋節禮物。

最溫暖的是，老狗 Fussy 於臺大醫院眾多醫師的照顧下，眼前僅存的一絲光明，仍可以一直陪伴著牠。老狗並不寂寞，直至牠生命的最後時光，除了林醫生之外，臺灣和香港的實習醫師，不論是說國語的還是說廣東話的，在每次回診的下午，都很主動看顧 Fussy，抱抱小狗，老狗必定能從他們溫柔的懷抱中取得慰藉。

原諒我慣於冷漠

有時候令人失措的臺式人情

說起中秋節，臺灣人對中秋的重視，不下於香港人。香港人會趁著佳節和親友互相問候，送贈月餅；臺灣人也重視這個傳統，我公寓的房東，在我中秋節前一星期，便已拜託房仲，即是香港的地產經紀，跑四層樓梯上我家，送來節日禮物，那是一盒蛋黃酥。

這裡的人中秋不吃月餅，吃蛋黃酥。它大約只有月餅的一半大小，以酥皮包覆的不是港式月餅的蓮蓉，換成了紅豆泥餡，飽滿的紅泥緊緊抱著圓滾滾的鹹蛋黃，由於體積較月餅小，紅豆餡又沒有蓮蓉的油膩，因此吃起來少了一點負擔。我和太太都沒有預期在臺灣度過第一個中秋，還可以收到節日禮物，那份心意正好是新環境的適應劑，而更想不到的是之後的新年和另一個中秋，房東和房仲繼續送來水餃、蛋捲、文旦和冰淇淋月餅等等節日賀禮，禮物每次不同，別具心思，坦白說，我們收到的比在香港的還要多。

而且，臺灣的房仲工作範疇跟香港的地產經紀不同，後者多數在租售的交接前後才會幫租客或買家處理水電煤等交接工作；臺灣的房仲的售後服務所包羅的工作更多，而且交易時間後數年，仍可找他幫忙。

由於我租下的公寓是一間差一點便年過半百的老房子，時日那麼久，當然是百病叢生，我入住兩年間，幾乎甚麼問題都遇過：信箱鎖壞掉、廁所管線漏水、天然氣爐失靈、公寓外牆裂縫滲水、冷氣機漏水、房間牆壁出現壁癌等都曾經出現過，令人非常頭痛，而且人生路不熟，根本不知如何能聯絡不同層面的專業師傅來家維修。幸好我最後都可以透過房仲找房東商討，再由房東或房仲找師傅上門維修或更換設備。房中雖然在交易之後，像管家一樣幫客戶解決問題，中間他都不再額外收費，只視之為把一件貨品出售後，確保貨品質素的責任。

說起房子出問題，在香港，因為我們住的是私人屋苑，每次遇到屋子的維修事宜，只要打電話告知管理處，便能找到工程人員上門處理，就算是樓上住戶漏水，也不用直接到樓上找鄰居，找管理處跟他反映及理論便可以。就算早年住在公共屋邨，也不用自己處理，到房屋處投訴，之後預約工程人員上門維修便可解決問題。幾乎甚麼事都可透過中間人去間接處理，不用直接跟鄰居作任何接觸，鄰舍之間可以一直保持各不相干的狀態。

我覺得這種距離感正是港臺鄰舍關係最大的差別，我們就以打招呼的文化作例子好了，在香港，人與人之間的感情，淡薄是常態，鄰居之間的關係亦彷彿被大廈的鋼筋森林影響，被一道又一道重複的石牆隔開，但大家都覺得生活在這種疏離的空氣中才是安樂，鄰人太熱情相待反而會不自在，就算在電梯相遇，眼神一定不會有半秒的交接，更遑論會互相問好。我曾試過在等待電梯時跟站在身旁的鄰居主動說早安，他聽到後，眼神卻一直停駐在跳動中的電梯樓層顯示燈光上，回應的只有走廊壓抑的空氣。在氣壓填塞耳朵的一刻，我真有點懷疑和他是否在同一空間存在。

但是在臺灣，由於我住的公寓沒有電梯，整棟公寓的住客都只靠一條樓梯上落，這條樓梯成為大家不可分割的連結點，上班或下班時間，大家都幾乎必然會在樓梯相遇。我發現這裡的鄰居，在樓梯迎頭相遇時，都很慣於互相問候，而且，他們都不避忌眼神的接觸，其親切的眼神使你覺得不回以一個友善的眼色便是太失禮了。有些阿公阿嬤甚至會停下上樓梯的腳步，氣喘吁吁的拉著你聊起家中的情況：「歹勢，我後陽臺的抽水馬達壞了，它的運作聲很大，有沒有吵到你家裡來？」

但正因為臺灣鄰居之間的距離感是如此親近，遇上問題便不可以間接地把事情處理掉。本來只是你家的問題，也可以是他家的問題了。這裡一般公寓，都重視鄰居之間的溝通，除非居住於高級的酒店式管理住宅，否則都要直接叩門，和鄰居商討解決方法。我曾經試過，隔壁鄰居的盥洗盤污水淤塞，他拍門向我們反映，因為我們兩家是共用一條污水水管，污水管每隔數年，便會因油污和菜渣的日積月累而出現堵塞的現象，慣例是兩家輪流處理。於是，那次便由我家透過房仲找師傅疏通管道，下次出事便到另一家負責。這種直接跟當事人，以情理去斡旋協商的溝通方式，和香港比較疏離的社交距離很不同，但中間要講的也離不開道理與人情，鄰人之間的鄰社連結感很強烈，這方面我能夠漸漸適應過來。

不過，鄰人之間的過份關心，會牴觸香港人慣常的社交底線，叫人不知所措，有時真的教我有點吃不消。例如他們很關心鄰人的背景，當大家在樓梯之間偶遇，在打完招呼後，自然會互報姓氏。之後，鄰人便一定問你房子是租的還是買的，租的話那租金是多少，買的話那您一定很富有，房價是多少？知道後會說：「嘩，那麼貴，原來你很有錢。」隨後便會順勢問您的職業和薪金。他聽到這裡，從您的口音必定猜想到您是從香港來的，那麼他必定會問您在香港每月又賺多少？當關心都化成了量化的數字，我和太太的答案便只餘下尷尬的輕笑聲，不過鄰人也彷彿也很習慣您以笑敷衍，知道已到可以八卦的極限了，便識趣地以一句閒話打完場，各自回家。

聽過另一位移臺朋友有如此的經歷，他來臺一年便買了房子，入住之前，房子當然要進行裝潢。鄰居卻在工人裝潢期間，不時走來門口，甚至登堂入室，監視進度和給與意見。鄰居說房間如此間隔會影響住戶的風水，如此拆牆又會影響整幢樓房的結構，作為鄰居，大夥兒一定要多多關顧和維護大家的生活環境才是。於是整幢公寓的鄰居都一起走來朋友的新居關心進度，給起溫馨的意見來。最後，我的朋友便在全區居民全天候的關心下，為人設想地平衡了各方利益，並花了比預算多一倍的時間和費用，完成了使整幢公寓的人都感到滿意的新居裝潢。

實頭與滑頭

五十年一遇的強颱「山陀兒」來襲，天氣預報說它將於下周初在南臺灣登陸，到時它的環流雨帶亦會挾著陣風與豪雨橫掃大臺北地區。臺灣很快便會宣佈海警與陸警警報，海警即是颱風在家門走過，用臺灣的棒球術語形容的話，是投出了「壞球」，那程度等同香港的一號及三號風球；陸警就是颱風會闖進家門登陸了，即是球都會投進「好球區」了，其暴風程度便是強颱級數，不是說笑了，那即是等同香港的八號至十號風球等級。預報一早便預警必定會發出陸警警報，那即是說「山陀兒」是個超級投手，它要跟你「直球對決」，風雨侵襲的落點一定準確，而且又快又狠，要你來一個「三振出局」。

其實來自香港的我，對於颱風已是司空見慣，也知道在九月和十月這種夏末時節還膽敢朝中門疾走，破門而入的颱風，一定有兩下子，出手特別厲害。早幾年的颱風「天鴿」與「山竹」便是如此，它們為香港帶來多區水浸的情況，馬路兩旁的老樹被連根拔起，連樹旁的石磚也給翻土而出，郊區亦有山泥傾瀉的慘象，即是臺灣所謂的「大走山」。

由於並不陌生，所以明知「山陀兒」是強颱，當中的情形我是心中有底，不太擔心。而且，我很幸運，身處臺北，要擔心也只是擔心高雄、屏東和臺東等南部地區的受災情況，自身的安全是絕對沒問題的。但是，有一情形是我蠻掛心的，我的老狗剛巧在下個星期一要到動物醫院回診，牠每隔三星期回診一次取藥，要是下周初陸警真的掛起來，醫院便要跟從政府指示不能開診。患有心臟病的老狗便會因此取不到藥，若然有數天吃不到藥，老狗因而延誤了病情出狀況，那便糟糕了。

我於是致電動物醫院，向護理員說出請求：「我的老狗上一次看診後獲分配的藥份，只足夠應付到下星期一。由於政府將發出陸警，我們想提早兩天，即是今天下午或晚上，到醫院先取數天的後備藥，行嗎？老狗這次只取藥來應急，橫豎牠長期都吃同樣份量的藥，不會突然有甚麼調整的，待颱風走了才看醫生跟進。這一次的藥費亦按比例收取，應該可以吧？」

電話另一方的護理員聽過我的提議後，答說：「小狗爸爸，按本院規矩，無論是看醫生和取藥都必須早一天預約，因護理員每天排藥工作繁忙，都只能處理當天來看醫生的寵物的藥物。而且病人眾多，所有預約都是先到先得的，掛號和取藥是一樣的，都要排隊，中間插隊取藥也會對早一天排隊掛號的寵物造成不公平。因此本院不能為小狗爸爸的寵物作取藥的特例安排。」

「那我的狗下星期一看不到醫生，是不是又要再排隊預約看醫生？那豈不是牠有更長的日子沒藥吃？我怕老狗撐不住啊。」

「本院也沒辦法，小狗爸爸還是繼續留意政府的颱風預報吧。」

因此，我的小狗便要在颱風過後才能再掛號看醫生，可能要遲上兩天才能吃藥了，那對有長期病患的狗來說當然不太好，但面對護理員對公平和規矩的堅持，也只可以望洋興嘆。可是心中就是有種不甘心，明明有兩天的時間去避開前面的冰山，還有很多轉彎的機會，為何人還要因為既定的規矩，硬要把船向前駛去，朝著早已預見的冰山撞上去呢？

如果「山陀兒」侵襲的是香港，而老狗仍然在那裡生活，情況會如何呢？

「喂，姑娘呀，下星期打風了，我的老狗剛好下星期一要來覆診，我怕牠當天來不到看醫生，那便取不到藥，請問可以如何處理？」

「小狗爸爸，你今天下午有沒有空？如有空便過來我們診所一趟，先取幾天的藥份撐著，待打完風再來覆診。不過藥份雖然是按比例給小狗，但仍會比按比例的藥費貴一點點，因為是特例，要收額外的手續費，OK？」

「OK，沒問題。」

這個故事雖然是設想出來的，但事實上，我們在香港真的遇過類似的情況，而且不止一次。香港人處事的確是比較因時制宜，比較靈活，甚麼都有斟酌的空間，效率和結果比原則來得重要，以尋求對各方都有利的結果為依歸，人的腦袋比較「滑頭」。

相反，臺灣人則比較跟從既定的樣式，一板一眼，都要按步就班，做事講究齊一與公平，人的腦袋比較「實頭」。他們這一種態度跟日本人很相似，很重視既定的程序，當中的堅持的確有使人動容之處，但其中所呈現的不懂變通，令人又愛又恨的情形，也是非常的相近。日本導演是枝裕和在他的散文中說過：「欠缺並非只是弱點，還包含著可能性，能夠這樣想的話，這個不完美的世界，

正會因為不完美而變得豐富起來，我們都應該這樣想才對。」✧

究竟是「實頭」對「滑頭」錯？還是「實頭」錯「滑頭」對？就我的老狗情況來說，圓滑地處事，看來是可以有利牠免於沒藥吃的困境。作為香港人和香港狗，沒理由不舉腳贊成當一個和一隻「滑頭」的人和狗的。

不過話說回來，對與錯是否只用結果論來分辨的呢？小狗呀小狗，試想想，我和護理員都「滑頭」地處事，雖然你會有藥吃，帶來了「你好我好大家好」的結果。但原則和規範上的犧牲，當中的程度，卻不是每個人和狗都懂得拿捏的，難保這個事情，不會造成日後其他偏頗、徇私、違規等不公平現象的開端。

所謂「針無兩頭利」，公平守規和因時制宜，臺灣人和香港人因為不同的信念而作出了取捨，誰是誰非，難以一刀劃清。可是，既然在這個地方生活，便要守這個地方的規矩。小狗呀小狗，每個人和狗的權利都可以被公平對待，不就是我們決定來臺灣生

✧ 頁六六，〈欠缺〉，《宛如走路的速度》，是枝裕和著，李文祺譯，無限出版，二〇一四年七月

活時所考慮的原因嗎？當你知道這個理由後，你病了的心臟會堅強一點嗎？

人和狗面對這些問題，一時間都答不上來，難以一時三刻便想得明白。搞了半天，才知道幾天的藥份，原來不是只有幾克輕重的事兒。不過答案對於老狗的現況來說，無論是切換成臺灣的想法還是香港的想法，也是無補於事，沒甚麼意義。總之現實是老狗還要多撐兩天，挨過一個超強颱風才能看醫生和取藥了。當中的事理，希望老狗不要想太多了，人也想不通，更何況是一隻又老又病的狗呢？小狗呀小狗，不要激動，想不明白的事情，不用勉強今天便想得通透明白的，待颱風跑了才去想。既然明知道明天沒有藥吃，更要保持心如止水的心境，那麼小小的心臟才不會在是非矛盾之間跳得太激烈而壞掉，那才能撐得過這個比心臟病更難應付的「山陀兒」。

可愛狗病人

「好可愛。」

這句是本人平日最愛聽的說話，也是在這裡聽得最多次的一句說話。

就本人一個下午的觀察，在這裡等待見醫生的動物朋友中，其中一隻博美犬只剩下一隻眼睛，另一隻雪撬犬朋友下半身已因兩月前中了風而站不起來，只能坐著小便。但這裡穿白袍的人，都會對牠們說：「好可愛。」他們跟這裡的動物都說這句話，還會摸一摸牠們病壞了的身體。

不知道是甚麼原因，本人在這所臺大動物醫院等見醫生的感覺，跟以前在香港老家的獸醫醫務所等看醫生的感受有著很大的差異感。最明顯的是這所醫院面積很大，而在香港，根本無從比較，因那裡沒有一所為動物而設立的醫院，只有擠滿求診動物的小診所，裡面的尿臭令本人沒病也聞到有病。

而且，臺灣的動物醫院還設有不同的專科去醫治動物，而香港，則由一個萬能醫生治療不同動物的所有病症。本人今天第一次在臺灣看醫生，主人幫我安排了看一個專門治療眼睛問題的眼科醫生。

在等待見主診醫生時，有一位漂亮的女孩子先來摸我的腦瓜和臉蛋，她讚本人好可愛欸，我留意到她口罩上隨著語氣微笑的眼睛。她向主人問本人的病情，然後記在筆記本上。寫完了，她沒有即時離開，還問候了主人的心情，並叫他們放心，醫生有方法幫到狗狗，之後又逗本人玩一陣子，再讚一次：「Fussy 好可愛。」才轉身走回醫生房。

聽男女主人在女孩離開後的談話，我才知道她的身份，原來這位仙女般的女孩竟然是我最討厭的醫生！不過仙女處於實習期，因此應稱呼她實習醫生。

她的工作是在主人和動物等待見醫生的期間，先初步了解動物的病情，整理後才向主診醫生報告。這個安排一來可減省主診醫生跟主人和動物的會診時間，二來又可以當作他們實習會診的經驗。本人覺得這樣很好呀，可以讓更多人有機會摸摸我柔軟的毛髮，和體驗可愛狗狗的風采。

算一算，本人可是第一次遇到一個會跟動物逗樂的醫生呢，在香港，醫生都不會花那麼多時間跟動物溝通。本人自小便要經常看醫生，主人曾誇讚本人是最會倒銀子的狗狗呢，因此本人遇過的醫生可算多了，對醫生的了解，可是狗狗界的專家。印象中，每一個醫生都是時間管理大師，最愛的是時間。診症、打針、交代病情和用藥，都不會過十分鐘，更不會跟動物玩，要他讚很可愛？想也不要想。

其實醫生做事講求效率，本人是明白的，本人雖然覺得拿著針筒的他們很討我厭，但本人不是不講道理的狗，不會因此而對他們加以誹謗。醫生房門外等待他醫治的小狗小貓可多著呢，他哪有心情和時間管你可不可愛？哪能分三十分鐘給你？這一點本人是明白的，因此我不會盡是無理的謾罵，本人最討厭那一種狗，那太不理智了吧。

臺灣這邊的主診醫生，也是講效率的，他很直接地跟本人和主人交代清楚我眼睛的情況，說明醫治方法，接著為本人戴上該死的頭罩後，便請我們離開。這方面的處理其實跟在香港看醫生的情況沒甚麼兩樣，但本人在離開醫院時，心中有不同的感受。這裡加入實習醫生問症的安排，實在太能照顧我這隻病狗的心情了。本人眼睛的確不適，但未至於失明。本人親眼目睹，除本人之外，其他在場的動物同胞，全數都被不同的實習醫生輕撫過，談過近況，他們都給時間主人去訴說照顧病貓病狗們的困難和感受。

而且，每一隻動物，都被他們讚過「好可愛欸」，這一點是最值得嘉許的，因為我們雖然是病了，但依然是可愛得毋庸置疑的。當我們被人類肯定這一點，我們的身體會產生良性的反應，大病也會好起來的，這一點，漂亮又年輕的實習醫生便填補了主診醫生的不足，本人對於動物醫院這方面的安排，可是非常欣賞的。

兩位主人在乘計程車回家時，也對醫院大力讚賞，但他們的觀察跟本人相比，是毫無深度的，也沒同理心。他們只誇讚臺灣看獸醫的醫藥費比香港便宜兩倍有多，以後狗狗真的不怕病了。本人對於這兩位沒有同情心的人類跡近咒詛的評論是深惡痛絕的，他們被銅臭蒙蔽的眼光根本欣賞不到醫德的光輝是多麼的耀眼，以及那裡的實習醫生是多麼的可愛。

友情歲月之江湖再見

我和太太曾經在同一所學校工作，那所學校在新界的元朗，那裡的學生和同事都很有人情味，我們在那裡留下了快樂的回憶。我們那時認識了一位臺灣來的同事，他的綽號叫 Batman，而我們這位共同朋友和我們共事半年便回臺生活。我們之後到臺灣旅行仍會不時探望他，到今天他知道我們移居到他的老家，便傳我們訊息，相約到一間老牌餐廳吃臺菜話舊。

到了餐廳，Batman 尚未到來，我趁著空檔上了廁所。回到餐桌，便見到

Batman和妻兒坐在我太太的對面，大家已聊得興高采烈。十四年沒見，我打量著Batman，他的膚色和髮型完全沒變過，但身型比以前清減了，以前方正的下巴換成了尖削的銳角，面形已由Batman變成了Robin。他左邊的耳朵掛著鑲了寶石的大耳環，打扮仍難脫古惑仔味，很難想像他一直以來都是個極勤奮的教師。

我和太太都叫他Batman，起因是他為超級的Batman迷，甚麼東西都貼上蝙蝠的標誌，生怕別人不知道他的身份一樣。我們當年更曾帶他一起到學校附近的玩具店，搜尋Batman玩偶，我記得最後我們都找不到合他心意的玩具，並且要在路邊攤檔匆匆地吃雲吞麵，因為午膳時間將完了，要在上課鐘聲響起前趕快回學校上課。不過在我記憶中，我們吃著麵的臉上，掛起的笑容都是蠻愉快的。

Batman比我們晚了半年來那所學校工作，上司安排他坐在我隔壁的位置，那個位置就在大門側面，一直是空置著的，同事們都當那裡是暫存雜物的地方，可想而知，那即是一個公用的垃圾崗。在他到任前的數天，上司命我要照顧這位新同事，而第一項工作，便是在我空堂的時間，清空這個垃圾崗讓新同事進駐。

我為新同事收拾地方的過程中，必須把不同雜物交回原主，就在那數天交收雜物的檔期，同事們都會順勢向我打探新同事的底細，同時亦會留下他們從其他消息人士口中得知的消息以作回報。

我最後歸納出一個形象的雛形。這位新同事跟我太太一樣同屬英文組，即是英文老師。我本身英文就很差，因此一知道他是英文人，便激起我的反射神經，感到很厭惡。

然後又得知他是Native English Teacher，即是不懂說中文，以英語為主要語言的外籍老師，也就是我們所謂的「鬼佬」了。

我立時想起要不斷和他用英語對答，教他到哪裡上廁所，又要到哪裡吃午飯的溝通情境，心中的煩厭又倍增了。

至於他的國籍，消息來源便來的較為混亂，黃姓上司說他是美國籍，何姓上司卻說他是加拿大人。又有同事說只知他是個黑人，屬甚麼國籍則很難估計了：「總之是一個『鬼佬』啦，有夠你煩啦，你好好學英文啦哈哈。」

到了新同事上班的那天，由於他只有下午的課節，上班的時間比我晚許多，因此到中午前後，我才見到一個穿寬身長袖衫和闊管牛仔褲的人，他在上司陪同下走入教員室，其服飾似一個在街頭噴 Graffiti 和唱 Hip Hop 的人多於一個教師。上司把他安置在我身旁的座位，再向我介紹一下他便走了，我第一眼看不清楚他，只留下一個印象：「他的打扮的確是黑人無疑，膚色有夠黑的，不過樣貌又好像不是黑人，莫非是同事收錯風（消息）？」

我心裡嘀咕著，想著他是甚麼人種，而樣子則裝作全神貫注望著電腦，姿態上分明是拒絕溝通。

而令人吃驚的事情就在這個時候發生，旁邊傳來一句說話：「哈，附近邊度有叉雞飯食呢?元朗應該有燒味鋪呀可？」

我轉頭瞪着眼望向新同事，此刻才看清他原來真的不是黑人，只是個很黑很黑，膚色比我還要黑的中國人！

我之後除了指點他去大橋街市買燒味飯之外，還和他說了很多話，因為他完全能以廣東話跟人溝通。不過，他不是香港人，而是臺灣人，正確點說，是一個在加拿大讀書的臺灣人。他在那裡結交的朋友都是香港人，女朋友也是香港人，而他又自小很喜歡香港文化，例如吃叉雞飯、喝茶餐廳絲襪奶茶和看古惑仔電影，因此便懂得說廣東話。

不過，他的廣東話說得不正宗，我說他的音調像任賢齊的說話，但他說；「邊度似任賢齊呀？應該似陳浩南，出得嚟行嘅，梗係似陳浩南啦。」

臺灣人真的很迷戀古惑仔電影，就算到了現在，我跟臺灣朋友初相識時，他們也會問我教書時遇上古惑仔學生怎麼辦？臺灣人對香港的理解就像一根舊的鐘擺，腳步停擺在九十年代的刻度上，在他們腦海中，銅鑼灣還是陳浩南的地盤，學生變壞便一定會當古惑仔，香港就是刀光劍影的江湖世界。這種理解當然是大錯特錯得令香港人失笑，但某程度上，那種錯覺也可以是美好的，因為錯覺可能比現實更能夠保留了舊時代的一絲浪漫與幽默。

回想當年，他半鹹淡的廣東話腔調的確是自帶一種幽默感，彷彿吐自他的舌頭的單字都充滿令人發笑的能力。而相識多天後，我總算適應 Batman 說話中的能量，消除了語言障礙，可以和他同聲同氣地聊天。我和這位臺灣來的新同事會在沒課的時間，會一面備課或批改學生課業，一面聊電影情節。

我喜歡和他分享侯孝賢導演的電影，他則愛和我分享鄭伊健主演的電影，但大家都好像不太欣賞到對方想分享的東西。而周星馳的電影則是我們兩邊共通的喜好，一說起《西遊記上集之月光寶盒》、《西遊記下集之仙履奇緣》、《國產凌凌漆》和《食神》便笑個不停，因為每段劇情的對白都太過癮了，大家會放下手上的工作，把電影中的情節一段接一段聊到飽。這個體驗對我來說可是驚奇滿滿的，誰想到一個臺灣人能如此透徹理解廣東俚語中所蘊藏的幽默？

除了吃港式燒味飯和談港產片，我們也會在學生的期末考試期間踢足球，因為那時沒有課。當沒有課或科務會議，亦未收到學生的試卷要批改，而又不用監考時，老師是能稍為享受一點點空閒時間的。他在加拿大長大，不懂得踢足球，只會打籃球，但因為我們大夥兒都愛踢足球，所以他會遷就我們的喜好。

Batman 說：「無所謂啦，當學下嘢囉，出得嚟行，預咗啦係咪呀。」

我知道臺灣和香港運動文化上的差異，他們都不喜愛用腳踢球的運動，但會得用手打球，因此我安排他擔任最合適的位置，就是守龍門。他不怕「吃波餅」，撲救又夠快，龍門一職真的做得不錯，他說他敏捷的反應是從 **Batman**

電影中學過來的。後來，我和太太跟他混熟了，更了解他鍾愛 Batman 的傻勁，於是便不再叫他的本名，只叫他 Batman。

Batman 說：「幾好呀，我叫 Batman，出嚟行好威水㗎，好過俾人叫 Black man 呀。」

Batman 只在那所學校教了半年，之後便回臺灣老家了，在剛分別的數年，我們一直都有聯絡，每次到臺北都會相約聚舊。但之後我和 J 多到其他國家旅行，少到臺灣，因此便很少跟 Batman 見面了。

想不到，我們一別便是十四年。由當年流行基斯杜化．路蘭版本的 Batman，到今日流行的是小羅拔．唐尼扮演的 Ironman，那是相隔 DC 與 Mavel 兩個宇宙之間的距離，潮流亦已走出了不可估計的距離。我們當年只拍拍肩頭，隨意說一聲：「保重再見。」沒想過分離的時空會拉得這樣遠，那就是超越 DC 或 Mavel 宇宙的現實世界嗎？年少時沒經歷分別的滋味，不可能明白，而到明白時大家都已老了。

和 Batman 再聚的那一晚，我和太太都感到驚奇，比起當年聽到一個黑人懂得提出想吃叉雞飯的想法還要驚奇。

首先，他以前是一個獨行俠，常說：「Batman 係單拖嘅，點會帶著女人出嚟行？」因此他從不會帶伴侶和我們見面的，今次卻帶了太太來。

更令人驚奇的，座上還多了個男孩子，那是他的孩子，已有十來歲！誰想到 Batman 會生出個 Batboy 來？

我定睛望著這位既熟悉又陌生的 Batman，很是感觸，大有多年不見，彷如隔世之感。他在他的 DC 世界，我在我的 Mavel 宇宙，很多事情，原來都在過去十多年不斷發生和發展，大家都發現原來自己都沒有超能力，也沒有另一個宇宙，可以做的都只是在現實世界奮力地生活。多年後聚首，大家的工作不同了，家庭成員人數也不同了，而唯一共通的變化是頭髮的顏色都隨歲月轉換了，不能發動死光的眼睛下面都長出歲月的細紋。

還有一些事情是沒有變的，那些都是太空船上的雷達座標，讓舊相識依著航道上的指示，從人生的漂泊中認清回憶裡的真身，好讓大家能找著兩個時空之間的交接點。例如Batman的廣東話依然很任賢齊，說話內容仍然很古惑仔。我和太太聽著他的腔調都感到無比親切，而最親切的是Batman介紹孩子的那一句：「呢個係我個仔，叫阿浩，喂大佬，梗係陳浩南個浩啦，你哋叫佢浩哥得啦！得㗎啦！」

生活細味

黝黑幽默

對於東南亞地區，我不太熟悉，我也很少到東南亞旅行，位處東南亞的國家，我只到過泰國而已，其他的國家，都不曾探訪過。但是呢，東南亞地區跟我好像又有些淵源，應該怎樣說呢，不同層面的人，包括老師、朋友、學生；不同地方的人，包括香港人、臺灣人、英國人都曾把我當成東南亞人。

在我來了臺北的第二個月，第一次到理髮店剪頭髮，髮型師是一位中年女士，她跟很多髮型師一樣，是一位喜歡聊天多於剪髮的人。

「上次你來訂位的時候，聽你的腔調，沒廣東腔，我還以為你是東南亞地區的人。」

又來了，我只是想進來乾脆地、純粹地剪頭髮罷了，妳可不可以不要把我的皮膚盯著看，只把眼睛放在我濃密烏黑的頭髮上便可以了。

我回她說：「我是正宗的香港人，妳聽不出來嗎？我講的中文應該帶有濃厚的廣東腔調吧？」

髮型師幫我扣上圍巾後，再由上而下，再由下而上，向我掃視了一圈，鏡面倒映出她難以置信的表情，看起來還是不太相信我是香港人的樣子。我在她的眼光下，像一隻身量不足的待宰黑草羊。

她補充說：「我有好幾個香港來的熟客，他們隔月便來我店子燙髮，但都不是你這種模樣。你的膚色有點似泰……」

「我想是因為我膚色比較黝黑吧。」我期望這句自我調侃的說話能像她手上鋒利的剪刀，把話題俐落地一刀兩斷。

髮型師突然想明白了甚麼似的，眼睛放出一道恍然的光芒，從我眼前的鏡面折射而來。她拉下口罩，指著我皮膚上的顏色，解開謎團的說話語氣，以雙節棍來回的旋勁脫口而出：「你不是……你是……泰中……是混血……」

我立時打斷她說：「好了好了，對對對，我本來只想來個速剪罷了，現在可以開始了吧。」我刻意加入更濃厚的廣東口音，期望她真的相信我是個實在的香港人。但從髮型師的神色，看出她還是不相信，還是心有不甘，責怪我為何以謊言守著不可告人的秘密，彷彿我是個香港人，而不是泰國人、菲律賓人、緬甸人、馬來西亞人這個事實太不可能，而且這樣也太教她失望了一樣。

我就是不明白，也估算不到繼數年前，在倫敦的旅館被來自菲律賓的酒店 Bell Boy 誤認是同鄉，向我問候之後，到今天來到臺灣，又再次被當地人以為是東南亞人。記得那天那位菲律賓人幫我搬行李上房間後，沒有即時離開，肩頭依靠在門邊，雙手環抱胸前，食指輕指向我臉龐，擺動出親暱的手勢，興奮地問我菲律賓家鄉近來的情況如何，天氣又如何。而我只能無奈地答：「I am sorry，I am not come from Philippines.」對方聽後立即拉低老花眼鏡望著我，雙手由親暱的動作變成放在頭腦，擺出難以置信的動作。而我幸災樂禍的妻子同時在我背後發出山洪暴發般的笑聲。

好了好了，看來我乾脆轉換個國籍好了，然後向失望的髮型師答道：「對對對，您猜對了，我就是個切切實實的菲中混血兒，因此皮膚像給曝曬過一樣，洋溢島國的陽光氣息，除了眼白之外，前前後後裡裡外外都是黝黑的色彩。是的，我的中文講得太好了吧！因為剛巧老媽是廣東人嘛，所以能操一口流利的廣東話。」那可能可以省卻不少解釋自己只是生來膚色比較靠近東南亞人的工夫。

車牌無用

新居是老式公寓，樓下不遠處便是街市，街市的橫巷開出了大叢簕杜鵑，紫紅沖天，隨三十度的氣溫化成怒放的火舌隨熱風翩翩起舞，每次走過市場都會不期然走近，佇足仰望。臺灣人不叫它簕杜鵑，叫九重葛。見識過這棵盛放得會衝上九重天的花叢，便會覺得這個名字起得好。

我以前在香港上班的學校，每一層樓層的走廊花圃都種了這種花，每年都有數月會同時間開出粉紅的花，也很壯觀。它們為整座大樓換上季節的暖色，注入點點喜悅感，我那時候拍了很多的照片，那是那地方最美的時候。

到了臺北居住後，因沒有買車，走路的時間多了許多，在路上看花的時間也多了，而且不局限於工作的地方，生活上多了很多顏色等待我去發現。

加上新居是公寓，即是沒有電梯的樓宇，因此連走樓梯的時間也多了。走路的常態重新進佔成生活的一部分，香港的車牌已沒有放在我的皮夾中，這情況差點令我忘記駕車的時間曾經是我每天生活的一部分。

我記得當年趕緊在三十歲前考到車牌，是因為想在而立之年後，生活多一點個人空間，駕車便不用再在上下班時和不認識的人在地鐵或巴士車廂中攪拌在一起。更重要的是不想在公共空間中聽到旁邊的人聽粵曲、看陸劇或韓劇時的廣播聲。另外，我亦希望在日常通勤上，省點時間，令下班回家的過程不再那麼漫長。我慢慢發覺獨自和自己相處的時間在生命中愈來愈重要，那是一個整理情緒的樹洞，它讓我有一個轉換心境的場地。

但是，在不經意間，駕車的時間長了，亦即是走路的時間縮短了，甚至消失了。而走路這種如此基本的日常運動，也隨之在我的生活中消失。

換來的個人空間，原來是要付上等價的東西去交換，我所交出的就是身體所需的運動時間。我的肌肉和骨頭，原來每天都需要以運動的節奏去呼吸，那才能抵抗歲月為我身體帶來的老化，而步行便是我們可以最輕易完成的基本抵抗的運動。我驚覺我原來在過去十多年，犧牲了基本運動的機會後，換來的除了空間和時間之外，還附帶了腰痛、關節炎、高血壓和一大塊圓滾滾的腹肌。

朋友見我到臺灣前，賣了我深愛的 Dream Car ── 一輛淡咖啡色的 Mini Cooper Countryman，都好奇地問我到新地方還會換甚麼新車。我聽後都會斷然回答：「不會。」我為了尋找新生活，早已對舊生活的種種斬斷情絲，而且我特意選擇住在交通便利的區域，就是因為想重返不須駕車的生活模式。從新居到臺北、新北的哪一個地方都很方便，各樣交通工具齊備，路線任君選擇，大不了便 Call Uber。

我除了想重新把走路的環節放進我的第二人生之外，另一個原因是想有更慢的速度觀察我生活的地方。駕車和地方的關係是由 A 點上車和 B 點下車的形式去建立，即是走車看花了。而走路就是從 A 點到 B 點的過程中，會經歷

CDEFG甚至更多的地點，是牛吃嫩草，反芻細味。從說故事的敘事角度來看，應該以走路的方式去敘述內容，才有足夠的文字空間去刻劃角色性格，和書寫出豐富曲折的情節。

我前半生已走得夠快，空間亦已賺夠。我想在未來的時間，起碼在開始和新住的家建立關係的時候，多用腳步去認識它，多投入在地人的生活方式。細緻的觀察對創作很重要，而且經歷才能把作者和地方的關係連接起來，那樣才能產生真實的感情，而更重要的是，那可以豐富我的人生情節。我很好奇當我在另一個地方走路，可以走出怎樣的生命的歷程，那些經歷能令我到雙眼長閉，兩腳一伸的時日，亦能感到開心滿足地離開嗎？

因此，帶香港車牌到監理所換領臺灣車牌，對已經心存覺悟，一心想在新的地方變成一隻牛的我來說，也變得意義不大。那只是一件打打卡，令我到銀行開戶口時多一個身份憑證的例行公事。我比較在意的，是明天步行去士東市場時遇見的風景；路上的欒樹頭頂上的花朵轉紅了沒有？鄰居門外的九重葛如篝火的花朵滿開了沒有？樓下徘徊的流浪貓會否回頭向我發一聲喵嗚嗚的招呼聲？

狗的草地

到了十月，又來一個颱風路經臺灣，氣象局發出了海警，即是海上颱風警報。我不知道現在是掛幾號風球，因為「風球」的叫法屬於港式思維。在香港，天文臺會把颱風按強度分成1至10號的風球等級；在臺灣，氣象局只把颱風分兩種，一是海警，二是陸警，前者表示颱風只在島外的海域掠過，後者表示颱風會穿越本島陸地範圍，即是颱風要登陸了。但因為臺灣只是一個小島，就算颱風只是擦島而過，颱風帶著風雨的橫流風力也可以包圍全島的北至南，強得猶如在香港所經歷的8號風球。

因此就算只是海警，風力和雨勢也可以很厲害，就如今天，雨水連綿不斷，豆大的水滴，從天上傾倒下來，陽臺的簷篷彈奏起風的節奏，對屋裡的新住客來說，那是陌生的聲音；因為以前在香港，我們居住的高樓窗前只有佈滿水管的厚牆，沒有放置花盆的陽臺，頂上也沒有下大雨時會奏樂的屋簷。我們在香港居住的是四十層高的摩天大廈，鋼筋水泥把每一個單位都包得緊緊的，在颱風天關好門窗，根本感受不到風雨的力量；我們到了臺灣，租住四層高的公寓房子，即是香港的舊唐樓，外牆只有單薄老舊的混凝土，運作了半世紀的水管搖搖欲墜。風雨打在經年風蝕的屋簷和外牆，雨點和樓宇觸碰時所產生的不規則碰擊和震盪，比在香港的大廈來得更厲害，小狗在颱風天所受到的聽覺衝擊必然是既新奇又刺激。

屋簷是一張彎彎曲曲的膠板，當雨水和它相交，隨機的音調緊接著水滴彈跳而出，高低抑揚，或長或短，對人類來說，每一陣雨勢都是一段隨心的旋律；但對家中兩隻老狗來說，「叮叮咚咚」，卻是一道又一道禁足的號令，因為這連串不尋常的聲音為狗狗捎來一個訊息：「狗狗，今天又是一個下雨天，你們

都不能到公園散步了。」狗狗在颱風的交響樂中只能在家納悶，屋內彌漫壓抑的氣流，兩隻平日活潑的小東西躺在狗窩前，用幽幽的眼神怨望著主人，表情枯萎，中間還嗚咽出淒絕的低鳴。

我想牠們應該是在掛念那片綠色的舞臺，那是牠們在香港不曾擁有的跑道。

臺北的公園是可以遛狗的，公園都豎立門牌，圖文並茂，明文交代，只要主人自律，會把小狗牽好狗帶，和清走小狗的便溺，便可以帶狗在公園遊走。因此，我的小狗從此可以自由進入公園，那裡的每一個地方，包括珍貴的草地，都容許牠們盡情地跑，沒有穿白色制服的管理員勸籲我們離開公園範圍。

以前狗狗在香港生活，可以給牠們入內的寵物公園真的不多，而一般公園都不准帶動物入內。我和狗狗平日散步，有時會經過元朗的市鎮公園，都只能沿著公園的邊緣走，因為那裡會派駐了管理員監察，人狗稍為靠近公園範圍便會被勸喻離開。他們的名句是：「狗不可踏足公園範圍，石屎地或草地都不可以，請不要搞到我們難做！」

因此在香港，一般稍具規模的公園都有管理員駐守，裡面只會見到有人類在活動，都沒有寵物的。如果你見到有人帶寵物在那個公園活動，即表示那是一個規模很小，地理位置偏僻的公園，所以沒有派駐管理員看管，以廣東話來說那裡是「無王管」的地方。

臺北有很多公園，我家附近便有兩個，小狗可以按心情選擇今天想到哪一個公園散步。而且，其中一個更有一個大草地，我和狗狗見到後都深感興奮。因為在香港，草地是珍貴的，是高尚的，尊貴得連人類也不能享用的。在那裡，大部分公園都不容許市民踏入和坐下，當你一被發現坐在草地時，不消三分鐘便會有管理員勸喻你站起來。狗狗當然想感受在瀝青路面以外的地方散步的感覺，其實作為狗狗的主人也想像外國人般，試一試在草地上坐一個下午，好好地放空一下下，但那種畫面不存在於香港的公園，我只在電影中和旅行時見過。

在臺北，孩子會在草地上面任意追逐，亦曾見過不少戴著手套的父子組合，來回拋接著棒球。而有年紀的人則會在草地的邊陲，選一個樹下位置放置營幕，在營前再放三兩張小折椅，坐在上面閒聊、看書。我更見過有人會遛鸚鵡，主人自在地看書，鳥兒自在地在草地上散步，信任似一條無形的絲線把他們連結在一起。

其實公園的草地本身就是一條線索，也是一條講求信任的線。人、狗、鳥、昆蟲、任何動物，都會被它吸引，連繫在一起，大家訂明規矩，便可以走到它的上面聚集和活動。綠油油的草地有一種原始的吸引力，誘惑力。非洲的大草原上，正是不同物種的聚集地，各個家族自由地活動於其上，那是生活的舞臺，一個個複雜的生命就是如此簡單地孕育出來。難怪我們人類和動物都這麼喜歡公園的草地，因為它根本是屬於大家的舞臺，你和我都跟從文明的規則，不弄污地方，那麼大家都可以在現實世界中自由享用，草地上的活動不會只存在於電影底片中。

狗狗今天先在家養精蓄銳，颱風總會過去，到時公園裡的草地又會以無數條交織的線條，構築成不同的人和狗相遇的場地。更何況草的香味是取之無禁，用之不竭的，也是你與我，人與物之所共適。草地不會跑掉，明天我們才到草地上盡情自由奔跑。

夜市把脈

我和太太以前每次來臺旅行，都必定到夜市逛逛。從夜市裡的動態，可以了解這個城市的人的特質和狀況。它是一個地方的脈搏，這個城市身體是好是壞，血氣運行得是否順暢，到夜市望一望有沒有美食，聽一聽煎炒煮炸的聲音有沒有勁頭，再在攤販之間走一圈算一算人龍，便可估量得八八九九。情形就似醫生為人切脈一樣，把一把脈，便能打量到這個城市是否健康，是否真的繽紛繁榮。

臺灣夜市的脈動是一首迷人的臺語歌，而我第一次聽臺語歌是從電影《英雄本色》中聽來的。戲中的周潤發在臺灣的日式餐館為狄龍報仇一幕，他從花盆拔出手槍時搭配的電影配樂，就是一把唱臺語的女聲。歌聲輕快，旖旎纏綿，一聽難忘。

我就算現在已是當地居民了，對夜市的熱愛也依然不減，而每次在夜市上走，腦海仍偶爾冒出那首臺語歌。

我們居臺未夠一個月，走進士林夜市已有三次之多。

在臺的朋友取笑我們根本還是個遊客，因當地人都會去寧夏、通化街、南機場等其他更地道的夜市的，而士林是只屬於遊客的，道地的人都不去了。我卻不以為意，因為我對士林夜市就是有一份情意結，這裡是我二十多年前第一次來臺灣旅行時第一個踏足的夜市，也是我來臺灣時最常到的夜市。

其實我也早跟太太說過，不如我們先不要急著去士林夜市吧，可嘗試到其他未去過的。但因它離家不遠，很多時出入市區都必經這裡，不是要轉車，便是要經這裡去買日用品，因此和此地特別有緣份，很難路過而不幫襯。

第一次經過這裡是因要到動物診所取小狗的醫療報告，它就在士林後面的承德路旁。我們那天取過報告便已是黃昏，太太的肚皮最餓不得，要趕緊帶她找吃的，於是便很容易跟上放學的高中學生們的步履，走到隔壁的士林夜市入口。

舊地重遊，才知這首臺語歌變得不穩定，調子有時唱得不太對勁。

那一次望見的士林夜市很荒涼，說清楚一點，我認得它仍是那個朋友，但就是跟印象中的樣子不一樣，因那裡再沒有印象中的人潮；再說得清楚一點，它似一個病了的朋友，而我是來探病的人，到他家門，才赫然發覺朋友病得比我想像中厲害。

我想想箇中原因，一來是因為未入夜，買吃的人未出動；二來是因為那時疫情還是很嚴重，少人出外用餐，要戴著口罩行夜市，還有意欲去邊走邊吃的人就更少了。

那天攤檔之間排隊的人龍消失了，因此我倆在夜市中想吃甚麼便可吃甚麼。夜市裡開店的攤販亦只有一半左右，街道的燈光被一節又一節的黑暗撲熄，叫賣的聲音零落散煥，像病人斷續的氣息。走過小店，店東的神情都欠缺以前的熱情，彷彿得了病。我們在場內店吃滷肉飯、生炒魷魚羹、炒羊肉麵，味道是一樣的鮮美，火路和鑊氣仍十足，但老闆和伙計都是沉靜的，店面氣氛是清冷的，全場過百檯椅，只有三張有座上客。

隔了兩周再到士林夜市，面貌跟第一次比可謂南轅北轍。那時的疫情情況稍緩，而且政府亦開放了給外國旅客入境，我倆終於再見到熟悉的舊友。店鋪的燈火全開，人潮回來了，來自不同國家的人都掛著尋找快樂的眼光在街道上覓食，而且店主的神態也回復活力，因為他都看得出生意要回來了。

我們吃羊肉串和雪花冰時，發現排隊的人有很多是留學生，他們的好奇都洋溢在談笑之中。他們的喧嘩聲特別有活力，充分反映夜市的脈動，熱鬧與笑聲，與飽足的回憶混和，那份滿足感就是到過臺灣的人都留住的印象。

那一個晚上，我們只能吃到幾種小吃，因為長長的人龍重現了，想多吃便要花時間去等待，我們沒有耐性再去排隊。可是，雖然吃得少了，但我沒有把在食慾上的遺憾放在心上，因為我重新發現了士林夜市的熱鬧元素。這個老朋友的可愛，除了誘人的小吃之外，還有其他東西，就是這幾年流失掉的，那一份在脈搏中的溫度，那一份使人回憶的味道。

改善高血壓的秘方

臺灣醫院有很多，醫生也很多，在這裡掛號看醫生，輪候和看診的時間比在香港快捷很多，如果香港輪候看醫生的速度是港鐵行走的速度的話，那在臺灣便是搭乘高鐵、新幹線的行走速度了。

我的家，很多成員都是病君，因此來到新地方居住，關於當地的醫療系統資料，是最早要探聽的資訊。在搜集資料之後，才知道臺灣的醫療水平，位列亞洲前茅，而且不止是人類的醫療系統，連寵物醫療方面，也是頂尖的。我的老狗眼角膜老化，需要長期的診療，這裡的動物醫院設有專科部門，可以提供診療，而診金是香港的三分之一。

我們來臺月半，家中四分之三的成員，已經全面測試了在地的醫療設施。

就本人而言，我上月初亦到過一次醫院求醫。我自二十多歲時，已得知自己患有先天性高血壓病症，要長期服藥治療。如沒有跟進血壓的情況和每天準時服藥，聽醫生說，我會過不了四十歲，而且有猝死之虞。有一些跟我有相同病情的人在跑馬拉松賽跑時猝死，就是在平日沒有服藥控制的血壓，卻突然進行劇烈運動，心臟抵不住高負荷，血壓飆升，便會導致猝死。

我一向膽小又怕死，因此來到臺北的第二周，便即已掛號求醫，當中的過程比香港方便快捷。在香港如到公立醫院掛號，可能要等數月，而且是先看普通科，之後又等上一年半載，才能轉介至心臟專科。因此大部分香港人，為免因公立醫療系統的拖延而延治，都會買醫療保險，那便可以以跳出公立的蝸牛步速的輪候隊伍，以保險金去看私家醫生，那會較快捷，而且私家的專科醫生多數都較公立的有經驗，質素有保證。

我在香港就是看私家醫生的，不過由於保險不包括賠償治療長期病患的醫藥費，因此每月都要在覆診時自己掏腰包，付出動輒數千元的金額在看心臟專科的醫藥費上，最要命的是每次到了醫務所還要排隊等待大半天才得見醫生，大好周末就在一張擠滿人的長椅上浪費掉。

但是，到了臺灣，看醫生的時間快捷了許多，我在到醫院前一個星期，用手機在家附近的醫院官網掛號便可定下就醫時間，而且可以直接跟專科醫生會面，中間不用再經普通科轉介。由於沒人向我介紹過哪一位醫生較好，即是哪一位都一樣，因此只隨意點選了一位。

到醫院的當天，我發現醫院的每一個環節，都安排了一些長者當志工，即是香港所謂的義工，去輔助病人做登記或就診的準備。我跟著志工的指示，量血壓、度身高、量體重，取得數據。然後依預定的掛號時間叩一叩診症室的門，等一會便可見到心臟專科的醫生。由走入醫院大門，到最後付款取藥，離開醫院大門口，完成整個診症程序，全個過程不過五十分鐘！這個數字未曾出現過我二十年的診療經歷中，過程沒一刻要我這個病人受等待的折騰，我就像在宜家家居跟著設定動線和安排，順暢地在佈置中走了一圈，便能完成診症程序。

走出醫院大門時，我跟太太說：「我未試過不用在診症室門外等候便能看醫生，看得真順暢。看醫生後竟然有一種高興的心情。」

更令人高興的，是收費單上一串縮小的數字，醫療費加上醫藥費，不及在香港看私家醫生收費的一半。我知道政府對醫療的資助，對很多病人來說，是最實際的關心，而且雪中送來的炭特別溫暖。太太之後更指出，到我半年後買了全民健康保險，醫藥費的金額將會更低更低。我看著這堆數字，再看看手錶上的鐘點，每一組數字都瘦身了，即是我這個不知何時會病癒的人，今天和明天能留在口袋的錢和時間多了。我終於體會到放鬆心情，改善血壓的情況是甚麼模樣的。

間歇鄉愁

從元朗的輕鐵轉乘淡水的輕軌

為了要到美麗新淡海影城看《飯戲攻心》，我到了淡海新市鎮一趟。老遠跑入淡水看戲，是因為我在電影下片前一天才趕去戲院去看這套電影，所以全臺北市和新北市，只餘下這間偏僻的戲院還有放映的場次。否則我再喜歡電影，也不會轉乘三種交通工具，花差不多兩小時的交通時間去看一套戲。

那間戲院在淡水的最深處，人跡稀少，乘公車轉乘捷運淡水線，進入淡水範圍後，要在一個叫紅樹林站的地方轉車。那種車是一種輕軌鐵路，我在月臺一看見列車便感到毫不陌生，因為它就是我在香港生活時慣乘的輕便鐵路，簡稱輕鐵。輕鐵只在新界的屯門、天水圍及元朗之間行走，我在這三個香港人俗稱「大西北」的偏遠區域生活了大半生，在那裡學會走路、升學、工作、成家、離開，這些經歷總有輕鐵開行時發出叮叮的響號聲音作伴奏。我至今還記得中學會考放榜那天，心臟禁不住拚命地顫抖，而輕鐵就帶著我在路軌上忐忑不安地跑向學校取成績單。

想不到在新的世界，仍會聽到輕鐵行駛的響聲，只是老朋友換上了新的名字，輕鐵變成了輕軌。而且車廂修長簇新，富有未來感，行走穩定，不再搖晃不定。而且，車站的設計也比輕鐵現代和富藝術感，幾何的鋼筋和玻璃幕牆在月臺頂上如多張雨傘般散佈，每一個輕軌車站都設置了幾米畫中的角色人偶陪伴乘客等車，乘客拍下照打下卡便不覺等待是苦悶的事情。

遠在故鄉的輕鐵，這位老朋友曾經是我的嚮導，它帶我上學、打機、找初戀、帶學生遊元朗。市區來的學生來元朗探我，總會嚷著要我帶他們坐輕鐵，他們很多人雖在香港生活，但一直都未踏入過新界的西北地區，因此都會覺得跑得又慢又遲鈍的輕鐵比 ufo 神秘。他們第一次感受到輕鐵加速行走時的前後顛簸，有些人會不懂平衡，又有些人更會尖叫起來，我覺得這種過分的興奮反應，應該是基於陌生感吧，旁邊的大西北居民都會因此而側目，歧視這些市區人。久居鄉郊的輕鐵列車可能是高興的，因為它在那一刻可能也能享受一分陌生感，會誤以為自己變成了遊樂場的過山車。

我小時候很怕乘坐輕鐵的，因為它走得比巴士慢太多了，對於走路三步併作兩步走，經常趕時間的我來說，坐在停停走走的車程中總是感到很焦躁。而且車廂無論何時都擠滿了人，尤其上學和上班時間，車上的人都變成了貨物，只能屏息把骨頭縮緊，盡力往空間中擠和塞，人彷彿要學懂液化成牙膏才可以乘車。我們稱那種狀態為「擠沙甸魚」，我小時候便訓練成為一個渺小的升斗市民，如何每天面對在生活上無可選擇時所承受的痛苦。

但到自己變成大叔了，乘上輕鐵時，又會欣賞它的慢速，因為它可讓我細看平日忽略了的景色和事情。而且當中有一些是我人生經歷的重要場景，例如第一次跟朋友在仿真草地足球場打球、第一次跟比自己更懂得裝兇作勢的孩子打架、第一次把情書偷放在女孩家的信箱、第一次無端地失戀。

輕鐵在過去帶我跌跌撞撞的在人生的旅行中從爬行到走路。到了現在，我爬過了一個海峽，它又載我去看一套關於鄉愁的港產片。

雖然淡水四周的風景對比元朗大馬路的車水馬龍，的確是顯得冷冷清清，但輕軌的聲音，在我腦海中蕩漾，激起的卻是跟孤獨無關的心情，它反而讓我想起了跟一位披著鐵皮的老朋友之間的相惜之情，以及前半段人生片段的可貴。歷代的遊子有太多的多愁善感，無論它們在緩慢的舟行中，還是在走馬的風景中，遲鈍的記憶根本無暇把它們留住。

兩個屯門人，四顆香港粽

今年端午節前的一星期，我和太太在網上訂購了四顆港式的鹹肉粽，在臺灣，鹹肉粽叫廣東粽，這種粽子非常罕有，我路過不同市場都會尋找，但都未曾見過，只聽說在某一兩個老市場能買得到。

關於「粽」字的寫法，香港會用年代較遠古的「糉」字，臺灣則用較為後出的「粽」字，兩者都是形聲字，指的其實是同一種食品。《說文解字．新附》中有關於「糉」字的解釋：「蘆葉裹米也。」可知現代的粽子組成結構跟當初的原型已很一致，就是以葉子包裹米煮熟的食品。而以前是以蘆葦葉包米的，到了之後的世代，各地因各地方土不同，風物有別，因而發展出運用不同的葉片包米煮成粽子。就我所見，香港和臺灣是用不同的葉片包粽子的，香港用竹葉，臺灣北部用筍殼葉，南部則用竹麻葉。而臺灣人數粽子時所用的量詞跟香港人也不同，他們會用「一顆兩顆」或「一粒兩粒」的數，比較植物化、死物化；香港人則會用「一隻兩隻」的數，聽起來讓人覺得香港人眼中的粽子，比較似活生生的動物。

我訂購的四顆鹹肉粽由香港移居過來的包粽師傅製作，他一家本來在香港經營粥店，也兼賣粽子，那是一間在屯門藍地街市開了數十年的老店。藍地其實離我香港的舊居不算遠，駕車十分鐘可達，不過就是無緣光顧過。

我們透過Facebook網上聯絡網店購買，因為對方沒有實體店，也不設貨運，要雙方約定時間在淡水捷運站的出閘口會合，一手交錢，一手交貨。方法頗為原始，相比大型網店來說較為費時和費力，但為了吃市面上難以買到的鹹肉粽，費甚麼東西也要去買。

本來在臺北要吃粽是很輕易的事情，不用等到端午節，平日在市場已有很多選擇。到了端午節前後，粽子就更易買到，如時令水果一樣，四處都有人擺賣，或者在店面一排排地掛起。連超市、超商（港稱便利店）、街上的小販檔，都能見到粽子的踪影。然而尋找到的都是臺灣味道的粽子，香港人慣吃的廣東鹹肉粽可謂一粽難求。

臺灣的粽子有很多門派，有北部粽、南部粽、湖州粽、鹼水紅豆粽。北部粽的形狀是三角形的，裡面包的餡料，每間店子都有點不同，大致有干貝、香菇、栗子、五花肥肉、魷魚、鹹蛋黃等，比香港只包豬肉和鹹蛋來得豐富，口感比較似臺灣油飯，亦有點似香港的糯米雞。北部粽會先將糯米混入材料炒至半熟，然後以筍殼葉包裹，再在鍋子裡隔水蒸熟，糯米入口較硬身和鬆散，口感跟香港的廣東粽不同。

而南部粽的形狀也是三角形的，它跟廣東粽一樣都是直接放進滾水煮熟的，而且都是先用生糯米包好已炒熟的材料，之後才用竹麻葉包裹下鍋水煮，口感和廣東粽一樣走Q彈黏糯路線，在眾多臺灣粽子中，南部粽已算和廣東粽比較接近。但和北部粽一樣，南部粽也沒有加入綠豆仁，因此和香港的廣東粽的味道始終有點點不同，像缺了一塊的拼圖。而臺灣粽子和廣東粽最接近之處就是都用了五花肥肉作主要餡料，吃下一顆粽子保證你會飽足大半天，可謂中式「energy bar」。

我之前吃過南部粽，其實已覺得它跟廣東粽很近似，亦已感到很安慰，心想能在臺灣吃到這種口味，已能解思鄉之情。但到知道端午節終於能吃到真正的廣東粽，心情依然會感興奮和期待，我和太太在空閒時間便會笑著提起。

這四顆廣東粽都是五角形的，外觀像一隻小時候手摺的小紙船。打開竹葉，大大的咬一口，綠豆仁淡淡的香甜和糯米所併發的黏合感立時在口腔膨脹，擴張到口齒間每一分罅隙，繼續咀嚼，滿口的滿足感更是飽滿。綠豆仁和糯米，軟稠交纏，真有一刻帶我回到香港的老家之中，彷似和兩老及弟弟掀開竹葉，一家分吃冒著蒸煙的粽子的時光。想來想去，竟發現已忘記最後一次和家人同桌分吃粽子的時刻究竟是何時了。

想來也覺得諷刺，我自小在屯門長大，我寄住在泥圍的外婆家時，經常和她拉著手拉車子，走到隔壁的藍地街市買菜，已經過不知多少次，都沒有留意過藍地這間粥店，大家只在對方的生命擦身而過。到了今天，兩個屯門人卻透過網絡，相約在隔了一個海峽的淡水捷運站交收四顆粽子，這項交易，好像錯配了十萬百千里的時空。

好地地兩個屯門人，為乜要在淡水交收四隻香港粽呢？

老媽的魔法

迪化街在大稻埕碼頭旁邊，那裡在淡水河流進臺北市中心地區的樞紐位置，於百多年前已給發展成內河碼頭的貨物集散地，很多生意都在這裡運轉，人流車流頻繁。當中最多人做的生意為糧油雜貨，不論平價或貴價的茶葉、乾貨、藥材和海味，都可以在這裡找到。

其次便是布業，至今迪化街近北門站一段，仍可見到布行、旗袍店、西裝店，雖不至於林立，但依然不少跟布業有關係的店鋪星羅於咖啡館和文創精品店之間。有些店鋪更做起租賃唐裝旗袍的新興生意來，吸引不少文青網美光顧，因此街上不難見到三五成群穿上旗袍的女士拍照打卡，當中有熟齡有妙齡，可見客路甚廣，生意稍作轉型後效果不錯。

座落迪化街街口的城隍廟，裡面供奉的月老出名靈驗，因此那裡一年四季都聚滿信眾，而每到七夕，香火尤盛。城隍廟旁的永樂市場，它和對面的屈臣氏大藥房和城隍廟一樣，都已在大稻埕屹立百多年，在日治時代，它的名稱稍稍不同，叫「永樂町市場」。市場紅磚灰牆，披上一身斑駁的歲月痕跡，有如一個老式戲臺，是迪化街最醒目，最具生命力的建築。裡面除了賣一般熟食和蔬果之外，還聚集了很多布店繡莊，布零售有批發，叫得上名字的布料、紐扣胸花、工藝用布，以至縫紉用具，都能找得到。

走進市場深處，布疋剛開封時，伴隨塵埃所散發的粗糙味道撲鼻而來，光線中可以見到味道和微塵交織起舞的軌跡。規律的車衣聲緊隨布料襲向我的耳蝸，那裡原來開滿了改衣店，臺灣叫服飾修改工作室，這類店子規模小小，但足有數十間，因此亦堪稱壯觀，在香港已不能見到。阿嬤或阿姨單腳發勁踏上腳踏，針線為布料穿起新生命的軌道，衣車隨即發出嘎嘎的呼吸聲，那段段如火車在路軌上行進的聲音，曾經引領我多少個午後安心入眠？耳膜的震動悄悄翻動起我孩童時的記憶。想不到客居臺灣，仍可觸動我在腦海中某一塊關於香港的回憶，那是一個我在某一個小社區記下的童年回憶。

老媽是一個布料系魔法師，她在一個叫屯門的地方開布店。她賣布，亦會幫人修改衣裳，縫製窗簾和床單。當她坐在衣車前，拿上零零些些的布料，踏上腳踏，開動馬達，往車針下一推，便能把它們變成窗簾床單枕套和睡袋。我小時候，喜歡聽著她車布料時，衣車馬達發出的規律聲響睡午覺。

我有時又會和弟弟玩媽媽用完的捲線筒，把它們當成 Lego 積木，將它們疊成魔術棒或長劍。想像力可以彌補物質上的不足，老媽的用具教我和弟弟的生活沒甚麼缺乏。這可能對我倆日後到其他地方生活，也帶來點點先修班式的幫助，我和弟弟雖然都離鄉別井，移居到其他地方了，但每遇有甚麼不足，都頗能適應。

人的欲望無限，大家從來都不懂為滿足設限，但小時候看見老媽辛勞地車東西去賣錢，守在她身邊的我倆，對物質的追求便看得很淡然，懂得不在物質上要求太多。老媽工作上有甚麼剩物，我們便玩甚麼，有捲線筒便玩捲線筒，有捲布紙筒剩下來便玩紙筒，把它們當成打仗用的激光槍和刀劍長矛，都變成我們打鬥的武器。

人才是最重要的，其他東西都只是用具，可有可無，而且發揮創意，甚麼都有其用處，這種「無用之用」的道家哲理，可能就是老媽的身教。就算現在我和老媽沒有生活在一起，她全神貫注望著針線和布疋的神情，對成品的那份執著，我仍然記得清楚，她教我知道專注做事的態度是怎麼的模樣。這份執著混和了布疋上散發的味道，分明地埋進我的腦袋中，就算身處異地，也能記起。

我也知道老媽最重要的製成品是甚麼，絕對不是堆放在衣車旁邊的各式布藝產品，而是睡在她旁邊的我和弟弟。看我倆的臉孔便知道了，全是她依著自己的五官縫出來的，笑容，以至發呆的表情，也跟老媽是一模一樣。我的朋友和學生一看見我和老媽走在一起，便認得出她是我媽，自然懂得問候我老媽，從不例外。

但我覺得她最用心縫製在我的弟弟身上的，是創作上的能力和執著，分別的只是老媽在香港使用衣車，弟弟在日本使用攝影機，我在臺灣使用筆尖，大家手執的魔法道具有點不同罷了。

化鄉情為食慾

數月前，因家人身體出狀況，我曾獨自回香港一次。由於期間每天都要按固定的探病時間到醫院去看望家人，時間緊迫，所以沒有見過朋友，只跟親人湊合時間稍作小聚，活動範圍亦只限於天水圍、元朗、屯門、黃大仙和九龍城。

我出發前因為想藉著這次行程，用相片留起久別之景，因而特意帶上了一部傻瓜相機拍照，裡面填入可拍36張的菲林底片。可是來去匆匆，最後只用它

豪華餅店
豪華餅店

拍了數幅相片而已。到回臺沖曬相片後，才發現當中拍下了的畫面，只有在夜色下疾駛的輕鐵、元朗大馬路的老餅家和舊式公共屋邨的風景。

離鄉已有兩年多，不時都會想像以前生活之地有何改變。可能因為我以前居住的地方都是老區，老街上的面貌如停止發育的骨頭，回來再見，其變化沒想像的大，起碼常到的喜利商場內的唱片鋪、玩具店和電玩店，大多仍然存在。變了的反而是我，因為口袋的深度淺了許多，生活亦已換了模式，很多東西都在新生活中劃入奢侈品的歸類中，以前追求的物慾已在新的生活模式中消失了，看到玩物也已經失去了興奮心情，再沒有當年的物欲了。

不過，我的食慾卻依然旺盛，吃飯的意欲比按下快門的意欲進取十倍。我每天眼睛一張開，便拖著老媽到茶餐廳去鯨吞美食，不是喝凍奶茶，便是喝凍檸茶少甜，並爭取時間把蛋撻、叉燒飯、吞腩河、西多士、及第粥、芙蓉蛋飯、乾炒牛河通通掃進肚子裡。

無獨有偶，在不同聚會中，幾乎每個親人都會問我同一個問題：「你有思鄉嗎？」我答當然是有啦，但心裡總覺得答得不夠徹底，乜答案就係咁簡單咩？

一個「有」字就能完整地概括心裡複雜的想法嗎？這問題好似一道只給取巧地帶過，但未能交出滿意答案的IQ題，數月來一直在我反復的思緒中打結，沒有給梳理出一個完整的答案。

思鄉的情緒，在我這兩年多的胡思亂想中不時襲來，但跟以前讀宋詞元曲時所理解的內容真的有點不同。它不一定在秋山日暮出現，也不一定只停留在枯藤老樹之下，而且當人在不由自主的生活中浮沉，意識就會難以時刻想及，思念的感情所連繫的另一端，其形態更是模模糊糊。不過經我在兩地徘徊，親身驗證之後，我發覺思鄉可以說是一種需要，需要是很日常的，而且既原始又單純，它就如胃酸，並會轉化成可怕的食慾，無日無之，那應該是比較具體化的呈現了。

試用比較式的思維去詮釋的話，它可能是這如此模樣的：當你離鄉一段時間後，再次踏足家鄉，心裡便會明白，見家人比購物重要。不過到見過家人後，肚子卻比腦袋更誠實，被飢餓感推動的食慾，就如一頭出牢的猛獸，步履一定會比思鄉情懷跑得快許多。因此，當你在登機離開前，看見被家人用家鄉美食填得滿滿的大肚子時，才會想起眼淚原來一直未找到從眼角流出的場合。

藝文拾光

認識侯孝賢

我在二二八的前兩天，到華山文創園區內的光點電影院看《悲情城市》的重映，九份的景色又再呈現眼前。那是數碼修復版本，跟二十多年前，我所看的光碟版本相比起來，畫面的質素好太多了。經過這些年月，我對臺灣歷史有更多的了解，因此重看後的感受更深刻，當年不明白的地方也看明白了過來。而且，我更體會到香港和臺灣的歷史，有著很多驚人地相似的共通點。

三十多年前，侯孝賢正是憑《悲情城市》在威尼斯影展奪得金獅獎，揚威國際，帶領臺灣電影之後長足的發展。我已差點忘記這套電影當年如此輝煌的成就，那是寫影評的朋友提醒我的，經他一說，我才突然想起，我對臺灣的認識，就是從侯孝賢的電影開始的。

大學時，我和幾位同學辦詩社，詩社的名字叫「吐露詩社」，詩社至今還在中大傳承中。我們除了會舉行連結各間大學詩友的詩歌聚會，閒時還會一起看電影。

我們當時都跟大學裡的杜家祁老師學寫詩，這位老師來自臺灣，教詩時喜用電影素材，例如教意象，她會在課上播放《東邪西毒》的片段。亦因為這個學習經驗，我們一班同班同學心裡便培養出一個概念，電影跟文學的距離是很近的，而且有些地方甚至是重疊的。我們下課後也會結伴去看電影，看看詩又看看電影，兩件事情彷彿混成了一件事情，一件再自然不過的事情。

到了大學二年級的暑假，其中一位詩社成員告知大家，香港藝術中心會在六月至七月舉辦侯孝賢電影節，有沒有人想看？侯孝賢的名字，我在中學時已聽過，那是教中史科的老師向我介紹的，他說過侯導拍的《悲情城市》是了解

阿妹茶樓
あめおちゃ
露天茶座
阿妹茶樓
阿妹茶樓
阿妹茶樓

臺灣歷史時必須參考的材料。因此「侯孝賢」這三個字一直放在腦海中最深刻的位置上，當我聽到同學提起這組記憶密碼，反射神經便即時應聲開動，作出反應：「我加入。」

我們在那個暑假，連續數天都見面，每次見面都為了看電影，現在想來，那是很奢侈的大學回憶。我們好像看了四至五套侯孝賢的電影，我第一個反應是他跟我當時最喜歡的王家衛電影很不一樣，另外還多了一個印象，就是臺灣和香港電影中，都同樣表現出兩地自我身分上的探索，渴望能為兩個地方在歷史上的角色尋找到答案，但表達手法卻不一樣，前者綺麗輕巧，後者深鬱悲涼。這個想法到我老了，便更加清晰肯定，兩地之相似之中又存在相異之處，實在值得繼續深思。

我藉著這次多年後重看侯孝賢的電影，重新深思臺灣近代的歷史軌跡。它的電影中，主角其實都是虛無的時代，人物角色都只是被時代推著走的配角，人命如河水上漂流的浮梗。這些體驗加深了我對臺灣的理解，明白那裡的人是從甚麼地方走過來。我嘗試觸類旁通，理解更多臺灣文學的內容。電影、文學和歷史、社會發展、政治制度等客觀環境都有密不可分的關係。而在學詩和看電影的過程中，我從文字到影像，再從影像認識到臺灣的文化和歷史，這是一個對我人生產生強大影響的尋知體驗。

臺灣自八十年代起，直到現在，都有很大的創作空間讓不同媒介去藉著影像與文字作品，就著不同歷史題目去探討現實真象和抒發情感。因此，那才能讓我這個一直生活在香港的人，能藉著影像和文字去加深對此地的了解。自由的創作就是讓不同人去互相了解的空間，我就是從這個空間去了解侯孝賢和臺灣這片土地的。他的每套電影我都沒有錯過，那份從二十多年前便開始的認知，從天涯到咫尺，對我的人生路來說，可算是一個重要的起點。

看蘇軾〈前赤壁賦〉，從滄海到浮海

臺灣故宮博物院近期展出蘇軾親自抄寫的〈前赤壁賦〉字帖，那是文化界極矚目的盛事，網上平臺和文藝雜誌都有作專題報導，畢竟蘇軾是歷史上最圈粉的文學界偶像，這幅是稀世的蘇東坡真跡，多人留意實屬正常。

我看真跡前已跟太太說我是無比興奮的，因我以前發夢也未想過能得見蘇軾的字跡。我跟學生說過，蘇軾的〈前赤壁賦〉，是我修讀文學時最喜歡的課文。

當年文學老師教導我們這文章時，也說過相同的說話，那天他講得特別起勁的神態，黑板上寫的也堪稱是歷代最美的行草板書，同學們都不捨得下課。如此美好的學習情景，三十年後，我仍然歷歷在目。

到我當起文學老師，我對這一課堂會格外重視，期望我教這篇文章時，學生都會受我感染，也特別喜歡這一課堂。因此都會抄襲我老師，沾沾自喜地跟學生說起他說過的話，讓他們知道老師是多麼的重視這篇文章。另外，我亦會花多一點心思去呈現蘇軾的真實感，讓學生能更立體地接觸到他埋在內心深處的無奈與孤寂，對他多留一點印象。

當每次教〈前赤壁賦〉這一課文，我都會給學生看蘇軾親抄版本的複製字帖。字帖是教書初期在深圳買的，以一比一比例複印，那真是一卷很長的橫幅，每次拿出來展示都要我和學生以四至五張學生桌面打橫拼湊才足以把字帖放於其上。

看過字帖，會發現內容跟課文有點不一樣，例如「鰕」字，那是「蝦」的異體字，在古代，「鰕」和「蝦」兩字是相通的。賦中被人談論得最熱烈的，是「渺滄海之一粟」一句，蘇軾原版原來是「渺浮海之一粟」。後世課本一律取「滄海」版本，原因是一直以來看過原版的人極少，因此以訛傳訛，抄成滄海的版本一錯便錯足八百年。也有另一說法，此本是蘇軾剛寫好作品後隔年為朋友抄寫的版本，那時他是用「浮」字的，但之後卻覺得「滄」字較好，改而用「滄海之一粟」。

從學術角度去看，如能看到作者原版，應取原版之說，而且「浮海」跟蘇軾當時被貶黃州，人浮於事的情況呼應，取「浮」字較為適合。可是，亦有人認為「滄海」意境遼闊，而且人墮滄海也夠茫然了，所以取滄海之說亦可。

我看過展覽後，也在想究竟哪一個說法較可取呢？其實我應該選「滄」吧，因為這版本已教了多年，莫非到幾十歲人才告訴學生：「喂同學們，sorry 喎，老師教錯了，而且錯了二十年。」但就個人感受來說，我是喜歡後來才知的「渺浮海於一粟」。原因是我老了，開始感受到蘇軾對世事無常的看法，人在命運和世事的變幻中真的是很無力的，無端墮入浮海之中，人可以做的就是吸一口氣，繼續划動手腳讓身體不要沉進海底，而且要學習如何與當中的不可知共存。

再從另一方面去看，我同時也欣賞到「浮」的優點，我發現在載浮載沉的人生中反而讓我有機會望見未見過的天空，失重的身體比腳踏實地的徬徨來的更自在。在渺茫的海中漂流才讓我知道世界原來還有很多很多個未知的星空，那裡的星星不分四季，隨心浮動。

想來「渺浮海之一粟」未必是壞事。

夢的詮釋

看「THE 哆啦A夢展 2023 臺北站」

誰不喜歡叮噹呢？

我聽過男孩子說不喜歡 HELLO KITTY，也聽過女孩子說不喜歡 Q 太郎，但從沒聽過有人說不喜歡叮噹。

哆啦 A 夢展覽自二〇一七年在東京開展，於日本十多個城市作巡迴展覽後，到二〇二三年末，終於走出國外來到臺北的中正紀念堂展出，展期到二〇二四年四月。臺灣人非常重視這位老朋友來臨，便利店和捷運站宣傳版上的宣傳早於半年前已展開。

「The 哆啦 A 夢展 2023」，我這個老一輩人依然難改慣性，會叫他為「叮噹展」，老臺灣人也叫他「小叮噹」。沒辦法，就如慣了叫舊同學的花名別稱，到老了聚會時也不會稱呼其真實名字，只會繼續叫他的花名別稱，更何況當事人是中途無端被改了名，我們作為舊相識，當然還是把舊日親切的稱謂掛在嘴邊，那可是不能給取締的珍貴回憶。

這個展覽其實跟漫畫和動畫沒直接關係，展出的都是日本藝術家就著和叮噹自小建立的關係及其對自身成長的影響，以「我心中的哆啦 A 夢」為題所製作出的藝術品，都間接受到叮噹作品的啟發和影響。因此，這個展覽其實是藤子不二雄 F 的叮噹作品經過多年灌溉，在跨越數個時代後，所繁衍出的藝術成果。參與的藝術家很多都很大名，例如多媒界設計師村上隆、攝影師蜷川實花和梅佳代，畫家奈良美智，另外還有二十多位藝術人參展，參展的有畫作有短片有照片有服飾，有聲有色，可謂多元而立體。

一踏進展館便會被撲面而來的村上隆笑臉花花 Kaikai Kiki Flower 所吸引，整整十公尺闊的通頂牆壁都是彩虹色的笑臉花，花色把叮噹作者藤子不二雄F、叮噹、大雄、靜兒、技安、阿福、時光機、大雄的恐龍與機械人串連起來。這面石壁是參觀者的熱身場地，一幕幕家中看的動畫和電影院的劇場版大電影幕次先在眼前喚醒，我腦中亦自然而然地奏出叮噹的開場音樂，而我更想起了林保全先生為叮噹配音的聲音。零零碎碎，都是童年時快樂的點滴。

村上隆的設計靈魂就是喚起人的快樂心情，以他的彩色佈置打頭陣就如詩經的興手法的效果，之後投入叮噹快樂境界的氣氛便厚厚地鋪展出來。觀眾的反應是最佳的票選結果，眾多展品中，這是最多人自拍打卡的位置。

仍然記得在二〇一六年的復活節假期，我來臺北旅行，剛好碰上蜷川實花在大同區的臺北當代藝術館舉行攝影展，那次真的深感幸運，能在旅程的最後一天跳入她拍的花天花地的攝影色彩中，櫻花和鮮豔的金魚成了我上機回家前難忘的句點。到今天的叮噹展，她拍攝的叮噹也是如此的搶眼醒目，她以「與哆啦A夢的一日約會」為題，拍攝穿上紅裙的女孩牽著藍藍胖胖的叮噹的甜蜜約會情景。蜷川實花把他們到湖上坐船及到保齡球場遊玩的過程，以旅遊照片及 instagram 形式展示，拍出一種少女和童年玩伴拍拖的情懷。展品不似一種參展的官式姿態呈現，而是表現出一個平凡女孩子在跟男孩作首次定情約會後，跟閨密好友觀看相簿、拍立得照片、自拍照、船票入場券票尾等的分享時光。

蜷川實花慣常拍攝的照片，顏色紅豔暴烈，如攀附在照片上的網狀血絲，總帶著暴力、死亡、枷鎖等意識，使人看著淒美的照片時會心跳加劇，但在是次展出的照片卻教人看得平和，紅色變成約會的長裙顏色，模特兒的笑容真實，觀賞叮噹和女孩手拖著手並行，像分享到一個女孩的成長經歷。

我真的沒想過有人會把叮噹看成青梅竹馬的男朋友，可能因為我是男孩子吧，但看著蜷川實花貼著花色貼紙作裝飾的相簿，我真的開拓了之前沒設想得到的想像，為何只把叮噹當成是一隻機械貓呢？他在女孩心目中，是一個很可靠，有需要時總能扶持自己，照顧周到的胖胖男朋友，那是很多女孩過盡千帆後最終選擇的類型，他何止是男朋友2.0，根本是男朋友終極版。

這種意念能引伸出很多思考：叮噹在我這個男性動物心中又是甚麼樣的角

色？他可以是朋友，可以是同房室友，可以是兄弟，可以是家人，可以是人生導師，原來他可以是很多很多樣子，都很重要的角色。總之，他不止是一件機械產物或虛擬的動畫角色。而我最不能夠接受的，是叮噹只是子虛烏有，是大雄患自閉症期間設想出來的一個不曾存在的同行者，那不是戲謔，簡直是誣衊！

梅佳代是一個很有童心的攝影師，她的相片以生活化和怪趣見稱。我看過她的攝影集《男子》和《うめめ》，相片中的孩子們會踏著單車反白眼，翻著筋斗裝鬼臉伸舌頭，看完她的作品後很能放鬆心情。而她今次參展的作品是拍攝家人，題目就是「我家哆啦Ａ夢的照片」。在她每一幅家庭照中都能找到叮噹的身影，可能是孩子抱著的布娃，可能是爺爺戴的帽子，也可能是襁褓之中的孩子披著的被子，可見老朋友在生活中從不缺席，無處不在。

至於奈良美智的展品，在任何的展覽中都是最矚目的項目。他本次描繪的主角卻不是主人翁，而是叮噹的妹妹叮鈴，即是哆啦美。他筆下的三幅叮鈴畫像，是有時序的，每幅的表達的時間點不同，叮鈴的表情和裝扮都有所不同。

初稿的一幅頭頂上戴上了標記性的蝴蝶結，脖子上也有和頸圈和鈴鐺，跟原著的叮鈴形象最近似，是她平日的狀態，只是表情還是帶點奈良美智筆下的蠱惑情態。

而他在畫第二幅叮鈴像時，為了保留簡潔感，想刪除她頭頂上的蝴蝶結，他那時查出原來蝴蝶結是叮鈴的聽覺系統。他於是在叮鈴的頸圈寫上2114・12・2，那是叮鈴的生日日期，即是其出廠日期，乾脆把這幅畫像定下一個時空設定，那就是叮鈴出廠前，還未裝上聽覺系統的時候。這種為了成全畫風上的簡潔，而加入故事背景的處理，讓人深深感受到奈良美智既有童心又認真得帶點傻勁的有趣個性。

之後，到了奈良美智在構思第三幅叮鈴像時，他又查找過叮鈴的身世和生活軼事，發現她曾經在其中一段情節中，被技安，即是胖虎，搶走了蝴蝶結，奈良美智便選擇把這個時刻的叮鈴畫出來，他心中想呈現的是被偷去東西時的不忿中又帶著惱怒的心情，畫作題目是「依然被胖虎搶走蝴蝶結@深夜」。這幅畫中的叮鈴，也是沒有畫上蝴蝶結和鈴鐺。叮鈴的眼神是很生氣的模樣，它們在奈良美智畫中出現過很多次，那是一雙經常掛在他筆下女孩臉上的一雙怒目，而且咀巴也露出兩顆虎牙。再認真去看，會發現叮鈴的左眼更帶著正要滴下來的眼淚，那可能是要表達出心愛的蝴蝶結被技安盜去的委屈感。

我仔細觀察第三幅作品，發現叮鈴頸上留下了頸圈和鈴鐺的輪廓，即是奈良美智本來是畫了頸圈和鈴鐺的，那是奈良美智有了新主意後塗改的痕跡。這次他沒有說明原因，不知也是因為令畫面簡潔，還是想令叮鈴更加憤怒，今次連她的鈴鐺連頸圈也搶走了？

奈良美智畫出這幅生氣中的叮鈴，目的是以叮鈴可怕的表情，暗示出叮鈴怒火將要爆發時所隱藏的力量是很可怕的。話說奈良美智查出了一個驚人的數據，他發現叮噹的力量推至最高峰值有129・3匹馬力，而叮鈴的最高峰值是10000匹！若真打起來，哥哥可能一下子便被妹妹揍扁呢。當你知道叮鈴的實力之後，再望見怒目而視的流淚叮鈴，會不會有種前所未有的震慄？

參展作品中有一段由佐藤雅晴拍攝的動態影像，內容是主角和叮噹在東京的學校、公園和街道玩捉迷藏，躲貓貓的片段。內容以虛實畫面混剪而成，短片中都只能看到叮噹圓渾的背影，鏡頭以第一身角度拍攝，模擬角色在後面一直追尋叮噹。他們一個追，另一個跑，彷彿永遠隔著一段距離，但卻也是在一起進行遊戲。過程看似寂寞，因為主角一直追不上叮噹，但兩者卻又從未分離，而追逐的快感又會適時填補空虛的時刻，當中的情形跟《詩經．秦風．蒹葭》的「宛在水中央」有點相像，留白的空間很多，所引發的聯想可以折射成人際關係、愛情的距離、理想的追求。

場館中的展品還有很多，它們全都為了帶領人追趕上叮噹而製作，原來一個童年時看過的動畫角色，幻想過的玩伴，也是很多人的夢的載體，經過多年之後，仍能牽動成年人回望過去的思潮。懷舊的依戀亦同時激發一代人，以自身獨特的藝術生命融匯聚合，衍生的作品便成了另一個夢的詮釋。這些詮釋不就是叮噹從二次元口袋中取出的法寶嗎？說明書說它們用來裝飾另一個人的夢。

幸好，我們的旅途中有西西

香港作家西西於二〇二二年末逝世，香港文學生活館和洪範書店於二〇二三年一月在大稻埕為西西舉辦了一個追思會，聚會場地是一間在大稻埕由香港人主理的茶餐廳，當天主辦機構請來一班作家，分享當年跟西西及其作品的各種因緣。他們當中有臺灣的，也有來自香港的，足以證明西西作品的影響力。追思會中段播放了一段西西在二〇一八年獲頒紐曼華語文學獎，到美國領獎時所拍攝的錄影片段。聽著往事，望著已遠離的身影，會場內的空氣，難免瀰漫傷感與痛惜的氣息。除此之外，加上不少人都是來自香港，大家同在異鄉思故人，當中情感彷彿若有所失，有一條虛線劃下了一道無形的距離。

我一直無緣親見西西，但她的作品是我啟蒙我的教科書，同時也是我旅行時的旅伴。記得二十多年前的一次旅行，背包裡帶著的書是西西的《飛氈》，它陪著我由香港坐火車上北京，然後又從北京坐火車回家。有她充滿幻想力的文字作伴，旅途便不會沉悶，它讓我逃過廿多小時昏昏欲睡的暈車狀態。而且，她的飛氈，也讓我飛在香港的歷史上，走過百年的小日子，使我更明白我和「肥土鎮」——我城香港的關係。看著書中的故事，竟讓我感受到思鄉之情，在火車上急欲回家的心情，至今未忘。而我從她角色的故事中，也更立體地體會到香港這個「肥土鎮」，是如何由一群善良的人發展出來。

人生在不同階段，都需要些嚮導引路和陪伴，西西就是不少人的好嚮導。香港有哪個學寫作的人沒看過西西的作品？經過追思會之後，我更肯定臺灣的寫作人也必定曾經看過西西的作品。她的文字開啟了作者們的思維，她童稚的喻體打開多少人頭頂上的天空，帶人進入開心地創作的領域。

她的文字、興趣、人生經歷、積極好玩的人生觀，正是引導人把人生路走得良善而有意義的明燈。從主持人鄧小樺所播放的《候鳥》紀錄片段得知，西西因接受化療，導致右手無力，因此二〇〇〇年之後的作品，都是她轉用左手寫出來的。望見她愈寫愈好的左手手稿，不論對寫作的人，還是沒寫作的人來說，她在創作上的堅持，都足以令你動容了吧？看著她單手縫製的小熊布偶，總會令你明白到志趣對人的意義可以有多重。

在追思會上，臺灣作者廖梅璇和楊佳嫻分別說起，西西，對很多臺灣人來說，是認識香港的窗口，也是啟發臺灣女性作者拓展寫作空間的啟蒙。我覺得那就如西西筆下的《飛氈》，本身就是認識我城的門口，是門前的一張繽紛絢麗的地氈，只不過它偶爾會帶訪客飛上半空。

而對香港人來說，西西是陪我們長大的作者，她的作品就是陪伴我們成長的文字吧。她描寫的「肥土鎮」，就如一部比歷史科的教科書更易看懂的香港史，學生可以更快更開心地看完的一部本土史，從中認識長輩是從何處走過來。

偉大的藝術作品，都是舉重若輕，深入淺出。西西的文字如孩童說話，但卻蘊藏了另一個宇宙，不同人看便提取到不到層次的思考空間。就如金庸的《俠客行》所述，俠客島山崖上的石壁刻字，鐵畫銀鉤，不同人看都會從中領悟出不同的武功。其實知道這部「西西真經」的人已橫跨兩岸三地，不少作家都受西西的文字啟蒙，很多人教創作，都會用西西的作品，它們都是最有趣的教材。

因為她的作品多由臺灣的洪範出版社出版，因而她經常被誤認為臺灣作家，她知道後都會解釋她其實來自香港。但她的文字，其實已超越了地域，對整個華文世界來說都是重要文化遺產。不論來自甚麼地方的作者與讀者，都一定直接或間接受過她小說的影響。她一八年在美國獲頒紐曼華語文學獎，已證明她的文字獲國際認同，她的文字是屬於世界的。

西西的離去，令很多讀者流淚，我想是因為大家對這位性情可愛獨特的引路人感到不捨，她不單單是一位作者，對很多人來說，她更是一位人生導師。但她已留下有溫度的文字給世界，人終須一別，年長的引路人先行乃是常理，作為後來者，能抱持她的智慧，就著指引，繼續前行，已是一種福份。而且我想她並不孤單，作為一個智慧老者，她的思想已到了更高的層次。她在另一個世界，可以同時用雙手寫兩部小說，那裡有親手縫製的布熊娃娃，有花生漫畫的查理布朗，有畫，有電影，有朋友。

正如洪範出版社主編葉雲平代表西西生前摯友何福仁先生朗讀致辭時，內容引述到西西最後的一部作品《欽天監》所記：「我們並不怕，人世匆匆，有甚麼可怕的。」這是西西這位引路者在旅程尾聲留給追隨者最後的話語，亦正好拭擦我們的淚水。

Hong Kong

半場香港

想想舊地

芒果樹

剛來到這所跟喧囂的元朗商場只隔一街之遙的私校工作時，我不覺它有甚麼特別之處，要數印象較深的，是這裡的每一個地方都比一般中學小。可是，這裡麻雀雖小，五臟卻是齊全，三層高的白色校舍，有十多間大小不一的教室。地下一層是雨天操場和教員室，雨天操場和教員室門口相連，穿過操場，盡處有一小舞臺，後臺旁邊有條只容得下兩人並行的小通道，每次上周會前，師生都走這條小通道通往和幼稚園共用的禮堂。從禮堂的側門走出來，會看見一個籃球場，球場鋪上藍紅相襯的保護層，醒目得刺眼，因此師生們都很難留意到球場旁邊，還種了數棵木棉和一棵芒果樹。

學校的禮堂是由教會擁有的，平日由幼稚園和中學部協調使用，已有三、四十年歷史，建築風格兼融中西，雖然室內是西式教堂設計，但安置報時銅鐘的鐘樓，卻是中式的亭臺樓閣，綠瓦飛簷。禮堂平日會用來上周會之用，到了周日，教會便會開放禮堂讓教徒來進行主日崇拜。校方會隔周為學生安排周會，輔導組和宗教組同事會找來講者跟學生作演講分享。淡黃的燈光把如教堂的禮堂映照得肅穆安祥，亦同時喚起學生的睡意。此時，我作為班主任，職責便是克制自己不少於學生的睡意，用眼神示意眼皮半張的學生努力撐開眼睛，以及用正手和反手的巴掌，配合恰當的力度拍醒已昏睡去的學生。

學生其實是有精神奕奕地上周會的時候的，例如講者是位美女，又或者學生興致活潑，在周會進行時進行橡皮圈射擊大戰。遇上學生幹頑皮勾當的時候，便是我做偵探查案之時，我一發現情況異常，便要當場抓住小賊，加以盤問，從他們口中套取名單，以抽出其餘同謀夥伴。把他們一網成擒之後，接著便是做訓育工作的時候，說說道理，說說規矩，最後我還要陪小賊們一起留堂，在禮堂做清潔和搜索每一條橡皮圈的下落。當班主任如當牧羊人，別人打瞌睡時你仍然要一眼關七，察言觀色，留意臭羊的行為與反應，出事時也要有緝拿劣羊，引導他們反思的心理準備。

學校如一座小城堡，四面都有圍牆，難免令人想起圈養羊群的圍欄，牧羊人把羊兒團團圍困在一片草皮上。師生身處教室內，又被四塊白牆牢牢圍著，人自然難以提得起勁。我班班房的其中一面牆壁，尚有一排窗子，我們可以在那一排僅有的窗子望到醒目的球場，那是學生唯一的通氣處，學生們上課時，總會不時向窗子望望放空，做一陣子白日夢。我從來也不阻止學生這樣做，因為那是人之常情。

我在這所學校主要負責教授預科的中國文化和文學科，經常要講解先秦諸子的學說，學生一聽說我本課要講論語孟子便會呵欠連連，靈魂已先告病假飄到離學校一街之隔的商場去了。我有一位男學生，同學暱稱他「阿雞」，他亦是我的班長，當初選他只因他相貌溫文，略為蒼白的臉龐帶書卷氣，而且平日在老師前懂得自控，較少說粗話。但他有一壞習性，就是愛在上課時打瞌睡，不論上課下課時都掛起睡眼惺忪的眼睛。我教先秦諸子時，他必定是首名入睡的頭號種子。但有一次是例外的，那一天我要教莊子，一說起道家，便可以談〈莊周夢蝶〉和〈知魚之樂〉，師生可以天馬行空，有理無理都可以辯駁一番，學生的反應會比教儒家時精神。

我那時正打算教道家萬物順應自然的概念，我可能也在圍牆中悶瘋了，上課中途，突然生起怪念頭，叫全班學生走到窗前，一起望向出面的球場以及更遠的地方。我要他們在望風景發呆的同時，找一樣窗外的東西去反映自然之道。因為大家都要站立，班長阿雞是清醒的，他一聽我的發問，便說只看到眼前的球場，而其籃球給訓導老師沒收了，球場上甚麼好玩的東西都沒有了，哪會有自然的東西？我叫阿雞不要急著告訴我，繼續發呆，繼續看。再過了一會，學生開始發現球場旁邊原來還種了木棉和芒果樹，靠向大街的圍欄還有簕杜鵑攀爬著，雖然當時只是四月下旬，但香港早暖，因此花已紅了，芒果也長出來了。其中一個學生說：「阿 SIR，木棉開花，芒果樹結果，那算不算自然之道？」

我現在已忘記他們還找到甚麼反映自然之道的東西，腦海裡只記得一幕風景，畫面中的學生都很年輕，像窗外掛在樹上還未掉落的芒果。一排的芒果傻傻的站在窗前東張西望，他們都沒有睡意，只為老師提出的無聊課題去尋找毫不重要的答案。

老師最在乎的，其實是他們一顆顆反射著外面世界的眼睛。而學生最在乎的，是老師不要想多了，以致耳朵聽不見下課的鐘聲。

雨天操場的角落，有一個簡陋的小舞臺，左右兩邊放了兩個八十年代購入的擴音喇叭，餘下的空間只容得下十人在臺上表演，再多的話便會擠得不能把簾幕閉起。很多人都忽視它的存在，臺上鋪上了半公分厚的塵埃，學生用舞臺前，都要先用濕毛巾大肆清潔。舞臺板上留下的只有一個大人的腳印，那是訓導主任留下的。平時很少用得上小舞臺的場合，只會在學生犯下嚴重事情，訓導主任因此要學生們在臺前列隊罰站，接受訓示時，才會有人在這小舞臺上留下足印。

學生有時也會上小舞臺的，那是聖誕聯歡會，學生們會忽然發現學校有這麼一個小舞臺，當天學生會會在小舞臺舉辦音樂比賽。學生都愛看表演多於上課學習，到了那天一定不會有學生缺席，學校會赫然熱鬧起來。男的會偷偷用髮泥漿成「刺蝟頭」，女的會偷偷上口紅畫眼線，面頰會變得緋紅。學生正值青春期，一定會把握可以犯規打扮的時機，我是教道家的，早已明白有時候要順其自然，要尊重動物的求偶期，對學生的反叛行為已見怪不怪。但令我眼前一亮的，卻是我的班長阿雞。他當天的打扮不再溫文，也用髮蠟泥漿成了「龐克頭」，帶領一班「龐克頭」樂隊成員，跳上了小舞臺唱起BEYOND的歌。他穿起了白色的OASIS紀念TEE，子彈項鍊在他瘦削的胸前跳舞，拖著光影的手指在電子結他弦線上精神飽滿地躍動，歪歪斜斜的擴音喇叭發出他如曠野孤狼的歌聲。他在臺上大聲叫觀眾呼喊他的名字，但那不是我們平日稱呼的「阿雞」，他的手舉得老高，歡呼著：「大家好，我叫三鷹！」我聽到後也跟著叫他新的名字，誰會認得臺上的他是平日的睡雞？小舞臺上的三鷹才是我清醒的學生，我那一刻終於明白阿雞平日在課室裡總不清醒的原因。

那天我和一班學生都為了阿雞的演唱吶喊了半天，跟著他的歌聲唱歌，跳動著在圍欄內很少活動的身軀。小舞臺發出的紅黃燈光，超越了光年，照耀著一班人日後的青澀回憶。

球場是學校最開揚的地方，它的一邊是校舍，另一邊面向大街，上面建有一條行人天橋，這條天橋和校舍平行緊貼在一起，校舍內的木棉、芒果樹長得高，部分枝葉都會伸延到天橋的欄杆，街坊走過，有些會順手把花和果子摘去。正因為校舍和天橋是如此的親近，所以天橋就如球場的觀眾席，學生在校舍的球場打球，就如在街坊前打表演賽，學生自然特別認真賣力。

我班學生是看《男兒當入樽》（臺譯《灌籃高手》）長大的，本來上體育課時，愛打籃球，都不太懂得踢足球，後來知道看《足球小將》長大的班主任只愛踢足球，他們便轉踢足球，並邀請我在體育課和他們一起踢球。他們上體育課的時間，我剛巧沒課，而且他們的體育老師又是我老友，沒甚麼需要避忌，所以我也喜歡這個師生同樂的安排。因此，他們每周的體育課，都會上演師生足球賽，那個時候，不少街坊路過都會在球場旁邊的橋上憑欄觀戰，看到入球時更會報以喝采聲。

但是有一天，我們沒有踢球，師生賽取消了一次，因為學生發現球場旁的芒果樹長出芒果來啦，靠向天橋那邊的果子都被早起的街坊順手摘去了，他們提議趁果子未被全部摘去，救亡我校的芒果，而拯救行動時間就是他們上體育課的時候。

我和體育老師對望了一下，都感到為難，因為果樹長得好高，足有兩層樓高，我們雖然可以用校工在修剪樹葉時攀爬的木梯子爬上去，但如由學生攀梯子剪芒果，他們一個閃失摔下來，那明天學校名字便上頭條了，那可不是學生說不要緊便可了事。但當望見一堆學生興致勃勃的樣子，我們又不想掃他們興。於是，站在校工的梯子上的，便變成了他們那位自小便患有畏高症的班主任。

至於學生的工作呢？我有如此安排：部分學生負責指點班主任在樹上下刀的方位，而班長阿雞則負責帶領數位同學，每兩人分成一組，在樹下各用雙手拉著毛衣外套的一端，把毛衣外套拉成數張救生網，一見班主任朝枝椏間一剪，便飛跑過去把淩空跌下的芒果接著。

整個行動佈局，有如我小時候玩過的卡片遊戲機——「沖天大火災」，那根本就是一個遊戲設定。箇中分別只在於遊戲角色是接人，我的學生則接芒果。我站上有兩層樓高的木梯子上，只感到微風的力量也足夠把梯子吹得搖搖欲墜，只怕學生要接著的不是芒果，而是他們那位教中文的，根本不應該在體育課出現的書生班主任。我當時心裡膽怯得不得了，還要拿著特製的長剪刀向頭頂上該死的芒果下刀，只見數十條幼小的莖枝在眼前搖擺，飄忽不定，而且出奇的堅韌，很難俐落地把果子一刀剪斷，當中的難度完全超出計劃時的預期。由此可見，遊戲策略的設定和實行，要臨場才知道當中的分別。

我那時又要瞄準，又要平衡缺乏運動的身體，弄得我汗流如雨，比打球還要來得費勁。但由於背後有數十對期待芒果的眼睛，而旁邊的天橋上一眾看熱鬧的街坊又吶喊支持，我惟有把怯懦的真我收起，強裝勇敢地舉起剪刀，把青綠的芒果一個一個的剪下來。芒果每掉下一次，樹下便傳來學生又驚又喜的呼叫聲。這些聲音喚起了我的男性荷爾蒙，膽子好像大了起來，繼續舉手朝青色的果子飛快的剪下去。

旁邊的體育老師拍下了我們剪芒果的情景，但由於要舉起相機拍向天空，他只拍下了逆光的照片，相中人全都是黑影子，看不清樣子。但是，那毫不要緊，當時我居高臨下，光線充足，下面抬頭望著我的眼睛，學生期待芒果掉下來時的期待之情，全都記在我的腦海裡。

剪下來的芒果，小部分掉進學生的毛衣外套上，大部分都掉在地上，皮開肉綻，兩者下場都一樣，都跑到了老師和學生的肚子裡。果肉跟果皮一樣青綠，酸澀得很，和想像的甜美預期有很大的落差。校工告訴我，芒果剛摘下來就是如此的酸澀，要吃甜果，時間和環境都很重要。芒果放在米缸裡一段時間，才會變金黃，果肉才會變甜美。我把這個說法轉告學生，學生都說芒果不管是甜是酸，都不重要，能在上課時間偷偷摘芒果已開心透頂，比上自修課時偷偷和隔壁同學猜拳，玩「天下太平」過癮好玩。而且，酸芒果也不錯，由自己摘下的，特別好吃。我正想更正他們摘芒果的其實是他們的班主任，但班長阿雞已搶著說：「在學校睡了那麼久，到昨天才知道球場旁邊，原來有這麼一棵芒果樹。」

聽說九龍城

我的老家在新界，到九龍城的路線迂迴而遙遠，因此家人一直都沒帶我去過。對兒時的我來說，那是陌生的地方，關於它的故事，都是從別人口中聽說過來，當中總帶著一點點神秘的感覺。

上大學之後，因為認識的女孩是九龍城人，所以我才有了到這個傳說之地的原因。但女孩帶著我走過的九龍城，跟我以前聽說過的傳聞是兩個模樣，那裡本來給我的是舊墟集的印象，但是沿著福佬村道、衙前圍道、城南道走過一圈後，卻只見街上餘下的只有公和豆漿、富豪餅店和一些賣潮州傳統食品的小店，其餘較有歷史的街鋪已找不到。而傳說中的核心——九龍城寨，更已給換成種滿綠草紅花的公園。公園的廣場有一塊空地圍上欄杆，中間安放著一塊斷裂的，刻有「九龍寨城」的石造牌匾供人憑弔。公園的名字亦換成「寨城」，不再叫「城寨」。

寨城在九十年代末已吹不起電影中的「龍捲風」，以前盤踞的三山五嶽，黑狗黃狗，任你如何金身不破，最終也敵不過歷史的洪流，淹沒在政治的角力之下。圍牆卸下，變成了一個讓小麻雀棲息的家，一個讓小情侶拍拖漫步的公園。

那時候的九龍城已失去以前興旺的氣息，因為機場已搬走。失去啟德的加持，上機落機的人流不再，連九龍城一帶的食肆也撐不住，在往後的五六年間漸次搬離這個地方。

聽女孩說，對這裡最深刻的回憶，是機場搬走前，每隔數分鐘便有飛機在樓宇上空飛過。巨翼在樓房的天臺劃過，上面的鐵線骨狀的電視天線彷似能摩挲鐵鳥，鳥尾巴拖曳的黑影為街巷的窗子帶來一陣子的震顫。飛機劃空破風的

巨響雖然如雷擊頂，但生活在這裡的人的耳膜已久經磨蝕，對於飛機的聲頻聽得習以為常，任那隆然的巨響如何震動，依然能上課、議價、聊八卦、吃蛋撻，生活如常。

女孩就住在九龍城寨對面，但對裡面的情況所知甚少。她對於九龍城寨的記憶，刻記上家長的訓示：那道黑色的城牆後是女孩止步的地方。家人說那裡是一個三山五嶽的是非之地，時常有俗稱「道友」的癮君子出入，裡面有黑社會，也有脫衣女郎，女孩子沒必要便不要在那裡走動。可是，問他們為甚麼他們能夠如此大剌剌地在城寨門前走來走去？大人們都答不上來，總之那裡是很特別的，它在香港，但又不屬於香港政府管轄，警察也入不到去拉人，正宗是「三不管」，小孩子不要多問，總之不要到那裡玩。

我之後認識了現在的太太，她也是九龍城人，小時候亦居住在九龍城寨旁邊的公共屋邨，套一句電影《九龍城寨》裡「龍捲風」的對白：「一切都係『整定』嘅。」她說過她上小學時，有認識的同學住在九龍城寨裡面，她放學後會跑進去她的家作客。她和朋友有時會當起大人的幫工，一起人幫手包裝糖果。

就她所見，城寨裡面還有不少輕工業在運作，城裡的女人和小孩會做下「手作仔」幫補家計。我之後亦聽說過全港有七至八成的魚蛋，也是在九龍城寨裡搓出來的，不知哪一顆是出自「魚蛋妹」的手？

太太說起從九龍城寨回家的路上，她抬頭會看見漫天的老舊招牌，上面寫上不同的名字，筆劃有鮮紅色的，也有墨黑色的。他們都算是醫師，說他們「算是」，那是因為他們大部分都沒有獲發政府批准在港行醫的醫生牌照，不是牙醫或跌打，便是從內地移居來港的無牌醫生。聽長輩說過城寨裡的牙醫，醫術比外面合法的牙醫高明，最重要是便宜很多，很多阿公阿婆平日都不捨得花錢去補牙和脫牙，但聽過城寨牙醫的價錢後都會變得樂於去治理牙痛。城寨裡還有好一些醫生是婦產專科的，在成長的回憶中，聽說過有些女孩會跑進城寨簡陋骯髒污的小診所裡做人工流產手術，對當時的年輕人來說，那種傳聞比詭譎的鬼故事更使人心寒。

圍城外堆疊的招牌已失卻招徠的效應，鏽跡斑斑，反而是一種混亂的遮掩，那是城寨過去的真實縮影。有人會藏身在牆下吸毒，有人在那裡搓魚蛋和包糖果營生，又會有人入內求醫。管它是合法或非法，死死生生，都在四面石牆之內同時存在並生。百年城牆和老舊招牌，在上世紀末都在城市發展的碾壓下化成了黃土和塵埃，故事慢慢沉澱成幾代人的生活，成了慣性，又成了塵封的往事，再成了一套賣座的特技電影。

我的域多利時代

當我還是孩童的時候，已明白在電視臺明珠930播放的電影，和在戲院放映的電影是不同的。21吋電視機的畫面只如一個五人足球場，而黑暗中的戲院是個十一人草地足球場，兩者可以讓眼睛和精神馳騁的空間，可謂天壤之別。它們之不同，其實不單止於熒幕上的尺寸而已，就連聲音和氣味也有差別，但對於這種差別，人們已漸漸變得不太在乎。

我的童年在屯門度過，那是九七前的時代。屯門的孩子，一般都只會在屯門和元朗一帶活動，他們不是不想出市區，只是出市區的路途實在遙遠。那時候，西鐵還未出現，屯門只靠巴士路線連接市區，在屯門公路塞車是常態，乘60M巴士到最近的市區——荃灣也要花個多小時，如要到旺角或佐敦看電影更是奢侈的幻想了。寶麗宮、普慶、海運，這些戲院名字就如我在童話書中看過的宮殿名稱，都不屬於我的世界，帶著異國的氣息。

我這一隻屯門之蛙，小時候看戲，總跳不出屯門這口井，而屯門的戲院，就是我在井裡所能望見的天空。不要以為井底之蛙不快樂，在這個自足的井裡，我度過了快樂的童年，全因我被屬於電影的空氣包圍，而空氣來自一間老式戲院，名字帶殖民地味道，叫「VICTORIA」。但那是我後來我才知道的名字，屯門人誰會叫它的英文名？也不會叫它「維多利亞戲院」，我們都叫它「域多利」。它開業的那一年，我剛好來到世上。

域多利座落在九十年代之前屯門人煙最稠密的地方，那兒叫「新墟」。印象中，它比屯門大會堂還要大一點，可以坐上千的觀眾。高聳的雪白色樓牆，會掛上正在上映和下期上映的電影畫布。巨型的畫布都是由畫師親筆畫上去的，每一張都不同。而當人們老遠見到戲院的畫布不同了，便知道戲院要「換畫」，即是舊電影快要下片了，又有新戲上映了。

以前的電影畫布會看得人迷了眼，因為上面的油畫人物輪廓都畫得不夠分明，除非是由成龍或洪金寶做主角，他們比較容易認出來，否則我未必能從畫布內容猜出電影由誰領銜主演。我反而愛這種模糊的畫面，它會引領我的聯想走到熒幕前，彷彿還會傳來放映院裡微微發霉的氣息，那股味道可能是來自院裡受潮的陳年地氈或戲院木摺椅，但那並不是我對電影的第一印象。

每當我回想電影於我孩童時期的印象，鼻子前面便會飄來爆谷的焦香。記得第一次到域多利看電影，我還是個讀幼稚園的孩子，我那時還未懂得甚麼叫戲院，只知道那裡的電視比較大，四周黑漆漆，像家裡停電的夜晚。當時父母帶我看《戰火屠城》，那是一套關於赤柬軍政府濫殺人民，人民在槍桿子下努力求生的電影。我記得其中一幕，上千的骷髏頭在土丘上疊成金字塔，但這一幕我看得不太怕，因為有其他東西更吸引我。我當時手抱比金字塔還要高的爆谷，視線被前排的大叔擋著，我透過隙縫望著不太完整的血肉場面，嘴巴努力啃著咖啡色的焦糖味爆谷，而屁股則在電影院的摺椅上左右搖擺，像在遊樂場玩滑梯的傢伙，殘舊的木椅發出嘎支嘎支的聲音。從此，戲院裡的味道和玩意，成為了我對電影的印象。

小時候的我愛把卡通情景扣在現實生活中，會把進出放映院時穿過的隧道當成時光的隧道。當年放映院的出口，總會掛起了深紅色的呢絨布幕，布幕好高好厚，小孩子體型小，氣力也小，要掀開這重重布幕並不輕易。但就是因為要費勁才能穿過這個關卡，所以我更期待掀開它後，闖進未知世界的一刻，好像去了另一個時空一樣。布幕一定不常清潔保養，上面會沾上濃烈的臉油味道，還有爆谷的味道。大人嫌它骯髒，我卻喜歡偷偷聞它的氣息，就當這股氣息如電影開場前播放的預告片。

我喜歡看預告片，因它有時比完整版好看，我幾乎沒試過錯過。但我那個時代，不叫它預告片，叫它「片頭」，那是媽媽告訴我的。片頭是未上映的電影精華片段，總會在每套電影放映前播放作宣傳之用。可是，域多利有時會抽起片頭，轉而播放附近店鋪的廣告，有美容院的，也有芬蘭浴室的廣告。我小時候比較有興趣知道甚麼是芬蘭浴，想知道究竟它和香港浴有甚麼分別？孩子不懂事，總覺得那是大人的玩意，雖然感興趣，但又不敢多問，也知道孩子不可以嘆芬蘭浴，就如孩子不可以去美容院一樣。

域多利的戲票不易買，經常都滿座，可能因為交通方便，它位處鄉事會路旁邊，巴士站就在電影院旁邊。居民們下班後，可以先到那裡逛逛，看到合心意的電影便即興買票。從市區下班的人，要七點左右才能回到屯門，最早只能看七點半場，因此這個場次是一票難求。我試過太晚買票，只買到第二行的座位，看戲時要把腦瓜子拉到椅背上，能清楚看見的只有扭曲了的字幕。

那時的戲院沒有分割成多間小戲院，每場只會放映一套電影，熒幕很大，座位很多，而且座位分成兩層。下層的叫「堂座」，戲票較便宜，看戲時要昂首仰視；上層是閣樓，叫「超等」，就如劇院的包廂座位，戲票亦較貴，看戲時俯視便可看到熒幕。但對小孩子來說，超等和堂座沒甚麼差別，因為坐在前面的大人一樣會擋著大半個熒幕，因此我坐在超等座位，也要坐在爸爸腿上才看到畫面。

域多利的氣氛跟現在沉靜斯文的戲院不同，周圍總會迴盪起熱鬧的笑聲，像春節的花市，而且也會飄來燃點煙草的味道。那個時代，有人的地方，便有人吸煙，所以我小時候會把煙草的味道當成人的氣味，人愈多的地方，人的氣味便愈濃，對此早已習慣。以前堂座的吸煙區和非吸煙區，根本是連在一起的，無屏也無障，兩邊的觀眾，所呼所吸，都是同一空間的空氣。大叔們呼出的煙圈，成為了熒幕前的點綴，成為了看戲時的立體特效。我自小已愛看恐怖的鬼片，更愛看鬼片時坐在吸煙區旁邊，煙霧瀰漫，彷彿片中的白煙從森林中跑了出來，而女鬼就坐在我身旁。

每至電影中段，我靈魂的一部分會不在電影院裡，因為已被院外的香氣勾走。以前看戲，不止是眼睛的享受，鼻子和嘴巴也是受眾。那時候的戲院門前都會擺滿流動小販檔，小食應有盡有，至今仍流行的魚蛋和煎釀三寶當然不會少，那時還可以找到炸番薯和炸蘿蔔絲餅。而最奪目的是放在竹筐裡橘紅色的豬舌生腸和雞腳，我們都不管染色素有沒有害，只覺得紅彤彤的小吃特別誘人，如再配上黃色的芥末、陳年鹵水汁，那就更鮮味了。但香氣最迫人的一定是白煙繚繞的一群，火熱的爐頭呼呼作響，炒栗子烤魷魚臭豆腐香氣沖天，尤其在冬天，烤箱中的煨番薯更是香氣四溢，恣意地招徠散場客。人們都成了露螢與燈蛾，不由自主地蜂擁至火光前排隊，乖乖奉上鈔票。散場的味道，才是電影的高潮。

相比起現在的戲院，門前再沒有值得期待的餘溫，觀眾散場便各走各路，看電影變得俐落而純粹。以前戲院開場和散場的喧囂，已成為懷舊電影裡的一幕，但畫面的溫熱質感，還要靠老一輩的回憶去填補。

域多利，已在二十多年前結業，兩層高的放映院，部分已變了老人院，大堂被瓜分成數間街鋪，售賣雜貨。灰白的建築沒有修葺，殘破不堪，油漆剝落的高牆和樑柱盡情裸露。我每次走過，也會想起這所電影院在心裡的位置，和在屯門曾有過的熾熱氣息。

時代流轉，舊日的情味被新的建築撕碎填平，換成了老人院昏黃的燈光和雜貨店的叫賣聲，電影迷亂的光影成為一塊塊殘存的印象，新一代已無從去經歷。兩層高的老式戲院，在屯門，在香港，已不復存在了。現在的戲院小得如美容院，沾上食物味道的布幕，已變成潔淨的鐵門，門外也不會傳來烤魷魚的香氣。但有些東西始終會留下來，例如我手中一包微甜的爆谷，和坐在熒幕前，依然不會錯過片頭的孩子。

舊物無聲地消失，我對那個時代僅存的感覺都好像在不知不覺間流失了，人聲與味道，亦變得像舊日的電影畫布，怎麼看也依然是化開的，模糊一片。幸好關於戲院的記憶，都在我的腦中化成了不同的味道，成為我日後對電影認知的記憶符號。

味道是我最可靠的回憶按鈕，它就如電影的配樂，音樂奏起，電影情節便會呈現。我自小便發現自己的鼻子比眼睛靈敏，而且對事物的印象會以氣味來記憶，活像一頭金毛尋回犬。因此電視和戲院在我腦海中的分別，不只眼前流動的顏色。色相都會隨時間從我的記憶中如河水般流走，而真正能留下印記的，便只有收藏在鼻子深處，那濃烈的刺激。

聽說小小的嬰孩，都有著強大的嗅覺記憶，能記下每一位親人的味道。哭鬧時，親人一抱，嬰孩認得是疼惜自己的人的味道，便會安穩地睡去。就算嬰孩長大了，味道的記憶還會存在，在獨個兒哭泣時便會記起。而戲院的氣息，就是令寂寞的我停下哭泣的味道，它來自我所屬的年代，那是從親人身上傳來的味道，味道雖然複雜，但在我的腦海中如喜愛的電影情節，有條不紊。

屯門何止有牛

屯門是我成長的地方。

到長大後，每次跟朋友說起自己小時候在屯門生活，他們的反應會這樣：

「屯門，沒去過呢，那裡是不是有一間很出名的糖水鋪，呀，B仔涼粉。」

「B仔涼粉在元朗，從屯門到元朗，乘小巴要二十分鐘，乘輕鐵則起碼要三十分鐘。」

「呀，原來屯門沒涼粉，那牛呢，你在屯門有見過牛嗎？」

朋友的說話喚起我差點忘記的記憶：「屯門何止有牛？以前還有豬，也有田，那就是我外婆的家，在一個叫泥圍的村中。」

泥圍這地方，遁藏於屯門的深處，因此，這個地名一直都未必存在於屯門居民的地理概念中，而那裡在四十年前更是荒僻得緊，只住著一些養豬和養牛的農人。他們的職業被籠統地歸類為「農民」，屬於當時商業化的香港中最小撮的人口，所從事的就是地理科老師說的「第一類工業」。

泥圍是一條圍村嗎？小時候的我不知道，到現在我也不肯定，但我從沒看過那裡搭建過圍村常有的石磚圍牆。而且，它和其他圍村的氣氛不一樣，某一氏族勢力獨大的氛圍不強，那裡還聚居了來自五湖四海的人，就以外婆一家為例，他們便是客家外姓人。村民們都不分宗族，和睦相處，住在那裡，感覺不到圍村的排他感。泥圍的人彷似沒有以姓氏去辨別大家身份高低的需要，村民只稱呼對方為「養牛養豬的某某」，或「種西洋菜的某某」。

不論以前或現在，泥圍都不及屯門市區地域一半的繁華熱鬧，例如相比起在位於屯門市中心的新墟，那裡的鄉事會路經常守著一排等待停站的巴士，巴士站又會有排隊上巴士的人。相比之下，泥圍就只有村口前的一個巴士站，那是青山公路其中的一段，是屯門與元朗之間的一個小小中途站，很少會站著等車的人，而且路上的汽車也少得可憐。在輕鐵如蛛網的路軌尚未爬向這小村莊的時候，公路上，偶然才會見到穿梭屯門和元朗之間的巴士或小巴在公路的沙塵上緩緩駛過。

在我小學時，老爸不時帶我和弟弟到外婆家小住，我們會從屯門市中心乘小巴前往。當小巴駛過了藍地的妙法寺，遙望到巴士站牌時，我們便會向小巴司機大叫：「泥圍巴士站有落！」那是個中途站，在這裡下車的人多，上車的人少。巴士站紅色的路線牌像一棵佇立在地平線上的榕樹，它是等車的人唯一的伴侶，但最常陪伴著它的只有洶湧翻滾的黃沙。

進村的入口在往屯門方向的公路旁，即是下車處的對面，所以村民下車後都要橫過兩條寬闊的青山公路才能入村。可能由於那裡人煙實在太稀少，駛過的車也不多，政府覺得村民橫過公路是不危險的，因此沒有設置行人天橋或斑馬線。正因如此，當我們橫過這兩條公路時，只需大剌剌的在公路上走過，不用看交通燈或依著斑馬線走。老爸每次都會帶著我和弟弟並排在公路上慢慢走，像三隻悠然的牛。

我們這三隻牛走過的泥圍，對於那時候住在九龍或港島區的人來說，真是個無名鄉村，他們會以為屯門鄉郊的馬路上會有牛走動。那裡像一個傳說，只存活在他們的笑言中。

這傳說所言不虛，記得我和弟弟有一次入村時，就見過村民帶著水牛自由地在馬路上走過，而當我和弟弟站在路邊讓路時，還見到一隻毛色黑白分明的大豬跟在水牛的後面，村民揮著竹枝在豬屁股上輕拍，著牠趕上水牛的步伐。豬蹄子每走一步，肥大的鼻子便吃力地噴一口氣，嘴角還纏著白色的唾沫，而牠跟水牛的距離則一直沒有拉近過。

之後到了外婆家，我跟外婆說起在路上碰見了這隊牛豬隊伍，她的反應出奇的激動。

「唏，那是豬公佬，那條黑白豬是條豬公，本來很出名的，因為精氣很足。」她一氣急便會說起客家話，用的量詞跟廣東話相異，人呀豬呀牛呀是平等的地位，都是一條條的。「不是每家都養了豬公撒種嘛，所以很多人都給錢那條豬公佬，著他拉豬公來自家豬圈為豬婆撒種。他每天拉牛犁完田便順便拉豬去撒種，只是那條豬公現在不行了。」

「婆婆，那條豬公每天去撒種？那牠比牛勤力嘛，有甚麼地方不行了？」我其實很喜歡「條」這個方便的量詞，覺得沒有詞語比它更能體現平等的精神，便趁機學外婆說起來。

「哎，不就是因為那條豬公太出名，家家都要牠去撒種，撒得多，到後來便精氣不夠，交不出種來。嗤，我早陣子要這條豬公來我們豬圈撒種，那條豬公佬早早收了錢，但豬公卻一粒種也沒留下來，條條豬婆的肚子都靜悄悄的，你說我是不是又破財又白忙？」

「哦，怪不得那條豬公走起路來老是喘氣，原來都怪牠沒精氣，連前面的那條水牛也嫌牠走得慢，看不起牠。」外婆跟孫子撒呀種呀精氣呀的說起來，那就是村裡最開明的性教育課。

過了不久，再向外婆問起那隻豬公，外婆不耐煩地說：「噓，掛了。」我聽後便想：「一條太出名的豬公是很危險的。」

往後的一段日子，只看見豬公佬拉著孤零零的水牛在路上走動，人和牛的步伐都沒以前輕快。我小小的腦袋，從那時起便留下了一個印象，人和牛會因為一隻豬的不在而步履沉重起來。

日後聽見有人取笑屯門是荒僻之地，會以「屯門牛」稱呼屯門居民，一般屯門人很介意，會反駁：「屯門哪有牛？不要歧視。」但我對這個稱呼是不太在意的，因為屯門人、屯門牛，都只是同住在這地方的居民，叫甚麼都只是一個名號。而且在我的小時候，屯門真的有牛，而且有牛的屯門，天高地闊，人和物和諧共處，比現在鋼筋林立的屯門更有情味，更令人嚮往。

我當年在馬路上跟著爸爸走，以及豬公在路上追趕水牛的情景，都深深印在我的腦海中，那份休管世俗規矩的從容，讓我明白到人有時候可以用另一對眼睛看世界。屯門人、屯門豬、屯門牛，都可以不受規矩束縛的，人豬牛一同生活在一個傳說中，都一樣的自由自在。人和物，在遙遠的時光中，不經意的走在同一條時間線上，成了公路上的過客在沉悶車程中，悠然看見的一道風景。很多年後，看的人和被看的物，又成了另一段難以忘懷的往事。

四十年了，對於那隻水牛，還有那隻被外婆厭棄的豬公，我總是掛念，尤其在聽見市區人說屯門只有牛的時候。

兒時的快餐店

關於童年的回憶，都和上課無關，全都是在屯門這個小地方中玩耍和吃喝的時光，例如我現在想起小學的學習情況，我只想起自己在放學後和同學在街上追逐，拿著五塊錢在街邊爭先恐後去買豬腸粉跟陳皮魚蛋的畫面。想起默書一百分，我會想起媽媽牽著我到樓下屋邨商場的愛群餅店買來的西瓜黑森林切餅。想起小時候居住的友愛邨，印象最深刻的是坐在一間屋邨快餐店吃東西時的滋味。這間餐廳很細小，比學校的班房還要小，在友愛居住的人都叫它「發發」，名字起得不差，那裡任何時間都門庭若市，老闆應發財久矣。

以前的商店店名都很簡單易記，例如會叫「多多窗簾」、「威威小食」等簡單直接的名字，疊字加上貨品的名字組合，令人一想到貨品便會記起名字，記憶會帶著幾分親切，不似現在的複雜難明，又加入英文，又加上圖象，令人想來想起也搞不清店子賣的是何物。而「發發快餐」，望文生義，那店子就是賣快餐小吃的啦，要吃高級料理便請移玉步上酒樓去。餐廳的裝潢也簡潔實用，全店以收銀機為中心，收銀位置把餐廳分成兩邊，一邊是廚房，另一邊則放了數張修長的膠板餐桌，餐桌兩邊各佈置了座位，那裡是用餐區。座位其實全都是收納櫃，滑門置旁，拉開滑門，裡面放滿塑膠食具和餐盒，櫃頂上的膠板供客人安坐用餐。此處地方雖小，但快餐小吃應有盡有，中午更提供學生餐，價格比其他餐廳便宜，我記得我小學時會穿上校服到那兒吃學生餐，點選雞扒意粉配上洋蔥汁，跟白湯和可樂，不用十蚊雞。

小時候，如果我跟媽媽說要到發發吃東西，媽媽一定會說：「不准，無益！」媽媽這種評價，在我更小的時候已聽過，那時她說：「不准喝可樂，無益！」我便偷偷和鄰家小孩到士多買來喝，不得了，之後我毫不猶豫地和鄰家小孩夾錢，多買了一支一公升玻璃樽裝來分享。因此，我聽了媽媽如此說法便更想到發發吃東西，因為我心中早已種下印象：媽媽不准我去吃的，而那東西又對身體無益處的，那東西一定美味到極。因此媽媽的評價，在我這個自小叛逆的小孩心中，是最清晰的美食指引，比米芝蓮更具權威性。

媽媽有時也會帶我到發發吃早餐，但那是有條件的，就是要我吃過早餐後，跟她到鋪子幫忙看鋪子。我媽媽在屯門一個叫「置樂」的地方賣布，她每天開鋪子都很辛苦，因為要搬動很多比她還要高的布疋。她每逢星期五晚上，都會問我周末的功課多不多？明天可不可以幫忙開鋪子？

我要做的功課當然不多，因為我從不怕欠交功課。但我很喜歡看星期六早上播放的卡通片，所以對於媽媽的請求，總支吾以對，媽媽於是會亮出皇牌：「你幫我開鋪子，我帶你到發發吃早餐。」我對這句說話沒有招架之力，只因為發發的牛扒早餐，比卡通片的畫面更立體，而且那一塊牛扒足有一節指節的厚度，跟午餐賣的全無二致，絕不會因為是早餐而減料欺場。我想起那份奢華的早餐，便手舞足蹈地比劃切開牛扒時的動作，回味從切口中冒出的，那招搖的黑椒香氣。第二天一早，我向卡通人物揮淚道別，幫媽媽開鋪子去，但我總覺得媽媽其實也喜歡吃發發的早餐，只是要找個借口到那兒吃東西罷了。

我一直都是個野孩子，放學後不喜歡待在鋪子陪媽媽，媽媽說我不懂性（懂事），又說我屁股長針。我小學時的確不喜歡乖乖定下來，會趁媽媽在衣車前忙著便離鋪出走，偷偷溜到友愛邨和朋友仔打波或打機，也會在公園及球場如閒雲野鶴般四處漂蕩。但到了夏天，街上暑氣兇惡，我會和友人躲進發發吃薯條吃雞髀（雞腿），因為那裡冷氣特別強勁，而且老闆伯伯真是個好人，我們要閒坐多久，也不驅趕我們。

除了友愛邨商場天臺的圖書館，發發就是我在友愛居住時最深刻的記憶。我搬出屯門後，原有單位已被人進佔，友愛再無我的落腳點，發發便成了我在友愛唯一的小沙洲。今日的我如果有空，我也會到發發吃小時候沒錢吃的、全場最貴的黑椒雜扒餐。

小時候的記憶特別難以忘掉，例如我已屆中年，還可以隨時唱出我小時候時常聽的卡通片《我係小忌廉》的主題曲，又或者我至今仍記得當年張開嘴巴，向發發的牛扒展開進取的攻勢時，舌根所傳來的震撼，那是大量黑椒才能發動的爆炸性反擊。這份深印腦海的刺激，已刻蝕在我的記憶深處，不論我離家多遠，或吃更高級的牛扒，兒時的味道也會在腦中浮現，就如媽媽從我出生已教我的母語一樣，哪怕在他方，做夢或罵人時，都不會忘記。

令人感動的事物，很多時候都是微不足道的瑣事，正因為微小，所以容易在日常生活流中失忘記，我們忘記的事其實比記下的事多許多。因此，當我們有一刻赫然發現自己的幸福只是如此輕柔而脆弱時，那就更應該趁自己未曾忘記這種感受時多加珍惜。任你是乞丐或王子，也會有故鄉，也會難忘自己小時候在故鄉吃過的味道，那可能是一個茶粿，也可能是一隻雞腿。而關於家鄉的食物，那份人們都珍惜的情感記憶，應該沒甚麼不同。當他們日後在生活中偶然碰到某一點時，記憶便會在舌頭上燃起。

小小的一間快餐店，守著的不只是味道，而是一代人的感情記憶，是我們的故鄉。

檸檬批之味

記吐露詩社

每次帶學生回中文大學參觀，我都會迷路的，那總會惹來學生揶揄。都怪這二十多年間，這裡變化了許多，新的建築層層疊疊，如布了桃花陣，使人迷亂。而唯一不變的，就只有大學本部飯堂裡的一塊檸檬批，從以前到現在，它一直都可以在餐牌上找到。「檸檬批」三字的字體是不同了，以前飯堂經理黃先生的手書狂草，換成電子印刷機打印出來的工整新細明體，但無論變成了哪一種字體，它依然教現在年輕，和曾經年輕的生命興奮不已。

我曾經吃過很多塊檸檬批，而第一次，是在大學一年級的時候。我記得那時是下午的空堂，我跑到大學本部一個叫 SNACK BAR 的飯堂吃這道甜品。我會特意到此試吃，乃是因為同系師姐在迎新營中的大力推薦。

說起迎新營，一般人都稱之為 O CAMP，即英文 ORIENTATION CAMP 港式簡稱。每年開學前，各大學的高年級生都會舉辦迎新營，讓參與的新生藉著數天的大學宿營互相認識，和了解未來數年的大學生活，是大部分大學生的集體回憶。大夥兒在營裡最開心的活動，一定是跟著林子祥的〈狂歡〉跳營舞，其次則是聚在一起交換和中大這個新環境有關的情報，我們稱呼這種活動為「吹水」。在其中一次「吹水」過程中，師姐祭起了向偶像尖叫的聲線跟我們一班「組仔」說道：「中大眾多飯堂之中最知名的食物無他，就只有檸檬批啦。」她之後一再強調，未吃過檸檬批的，不要告訴別人自己是中大學生。

吃過檸檬批的學生都知道，檸檬批是一道很有層次感的甜品，它分成三層，面層是雪白厚實的忌廉（鮮奶油），中間一層是淺黃色的檸檬慕斯，上面的兩層由一層壓得細薄的粟米片承托著。忌廉部分頗具分量，表面壓上了不規則的紋理，細看會發現每一塊都不同，很多人都忽略了花紋的存在。其實在製作檸檬批時，批的原型是一大盤成型的，師傅鋪上忌廉後會在上面壓上跟壁畫一樣的花紋，但當一盤批給分切成數十塊後，每一小塊批上的花紋便成了藏寶地圖的其中一個板塊，除非你曾訂製過一整盤檸檬批，否則沒可能知道花紋的全貌。

批上的花紋，注定給人們忽略，因為檸檬批的主角，是中間的檸檬慕斯。剛買回來的檸檬批，慕斯是冰冷結實的冰塊，像富豪雪糕車售賣的橙冰，都是難以剛買回來便即時食用。我第一次吃檸檬批時，因為是在轉堂時間，非常趕急，所以沒有等候，只能直接用刀叉把它分成數塊，逐一吞進口中，並強行用口腔的溫熱融化它，情形和吃富豪雪糕車賣的橙冰沒有分別，但那其實嚐不到檸檬批的質感，舌頭也因為冰冷的刺激而冷得和神經分離。

「時間」，是吃檸檬批的秘訣，把它放在室溫中一段時間，厚實的忌廉才軟化，再等一會兒，慕斯更會冒出如甘露小水珠，待水珠的滲透把中間的檸檬慕斯變得軟滑之後，批才會好吃，不過，相信很少人會為這件當年只賣八塊錢的甜點而考究最佳的進食方法。

有人說過，剛從冰箱拿出來的檸檬批，只有酸澀的味道。而軟化了的檸檬批，則會在酸澀過後，冒出一股清甜的鮮味，清新的氣息不會在剎那間揮發掉，它會在舌尖上停留整個下午。而檸檬批的印象，亦會從此留在人的記憶中，成為了偶爾提出來摩娑的記號。

檸檬批冰涼的身軀，的確為我封存了一些大學時發生的事情，那要從我大學二年級和朋友籌辦詩社一事說起。話說那時我和一班奇怪的朋友走在一起，我們在那個學年跟一位駐守語文自學中心的杜家祁老師學習寫新詩，我們因為學得愉快，便興起辦詩社的念頭。我們本來想籌辦新社，但從其他同學口中得知，原來中大早已有一個新詩詩社，我們可以加入其中，不必另起爐灶。

中大靠近吐露港，創社的人便以地為名，把詩社名為：「吐露詩社」，它在我們入讀中大前好幾年已經成立。

經探聽後，得知當時的吐露詩社，由我們系中的一位黃姓師兄擔當社長，只是會內人丁一直單薄得很，社員人數不足以成莊。有一個傳說，詩社曾經舉辦過一次詩聚，當時只有社長和另一詩友出席，虛室中的二人相對無言。我們聽過傳聞後，先覺得詭異，後深感慨然，更覺得我們要加入這個詩社，令詩社成莊。於是我們便在學會新舊幹事的交接期，和師兄商談接手的事宜，這個程序我們謂之曰：「接莊」。

師兄是忠厚之人，他一直擔心無人接莊，詩社終會無以為繼。一聽我們的來意，登時大喜，眼泛淚光。

我們不消半月，已辦理好交接的工作。而接手後，我們選了我們當中最急躁但最有責任感的成員為社長，那位成員叫鄧小樺。鄧社長一上場，便定下首要目標：「詩社要招人。」那是好建議，我們都知道要吸引更多人加入詩社和參加詩聚，否則詩社在中大也辦不下去。大家心裡明白，沒其他人參與，文學再好玩，也只是我們幾個怪人之間的文字遊戲，其他人都不能分享到當中的一分。

社長很快便告訴我們，已選定了首次舉辦詩聚的地方，那兒叫：「博文軒」，它在范克廉樓二樓，位於中大本部，SNACK BAR 就在這幢建築物下面。可能因為它在中大的中心點，交通算是便利，這個聚腳處經常被不同學會借用來舉行活動。可是，就算我們已佔有地利，但到了詩聚前的一星期，宣傳海報上的報名欄，還未見到有人填寫名字。這時候，黃姓師兄的淚光，在我的腦海中翻覆閃動，而且不止於社長，連其他成員都急躁起來。

我們那時才知道，我們之前的想法過於理想化了，要吸引一般人來參加詩聚，除了靠詩作之外，一定還要有其他亮點作宣傳。但這個想法，得要用詩社的經費去籌措，因此須要我們全員都一致認同才可以通過。這實在是個難題，我們詩社的成員奇形怪狀，想法本來已很難一致，但值得慶幸的是，口腹之欲，卻是我們永遠相同的追求。

我們談詩時會破口大罵對方，亦曾經因此而動武。談得面紅耳熱的時候，互相追逐打罵的場面，屢見不鮮。可是，一說起吃飯，我們便很和睦，就算遇上對方覬覦自己盤中的美食時，也會樂於分享。吃飯的時候，我們總是笑。

「吃」字，就是我們詩社的融和之方，因此，以我們當時的才智，想到的招徠亮點就是「吃」。但我們的經費不多，不能大排筵席待客，所以我們必須選一種合大眾口味，價錢又相宜的食品作招徠。一位好賭的成員在會議上提議：「選檸檬批啦，價錢便宜，又多人愛吃，它一定能跑出。」於是，我們一致通過，將詩社最大的經費，投注在一盤檸檬批之上。我們豪奢地向SNACK BAR的經理黃先生訂下一整盤檸檬批，計劃在下一次詩聚，就要用這道武器招徠四方客。

之後一星期，我們積極地宣傳，於上課時相約相熟或不相熟的同學前來參加詩聚。「喂，下星期五晚七點有詩聚，有一大盤檸檬批款待，要吃多少就吃多少，邊吃邊談詩，你來不來？」

這種宣傳的效果不顯，檸檬批一出閘的氣勢明顯脫腳。我們相信語言的號召力不足夠，所以到了詩聚當晚，好賭的成員決定有需要去「補飛」，方法是用更原始的方法去挑起凡人的欲望，以實物釣大魚。

我們當中臉皮較厚的兩三人，把分切好的檸檬批放置在橘紅色的塑膠碟子上，在范克廉樓下的飯堂遊走，請有興趣的人試吃。我們會趁人們品嚐美食時努力攀談，談得高興便順勢帶領他們上樓，參加詩聚，之後便可以繼續邊吃批邊談詩。我們叫這部門為：「拉客小艇」。記憶中，我們用這種運輸方法拉來六七位「艇客」，他們都對結實的檸檬批深感興趣。

雖然與會的人，「詩客」少，「艇客」多，但不論是「詩客」還是「艇客」，我們都一致歡迎，對於來詩聚的人，我們可是貪多務得，細大不捐。因為我們相信那只是一個開始的形式，參加過詩聚的人，談得靠攏的便會走在一起。記得當中一位讀哲學系的一年級生正是曾瑞明，當年雖然是「艇客」出身，但他在我畢業後就成為了吐露詩社的社長，於二十年後他更成了出名的哲學人，著書立說，而且仍然寫詩，這都是我們當時拉這位「艇客」時始料不及的後話了。

無可否定的是，憑藉檸檬批結實的香氣，我們之後舉行的詩聚熱鬧了不少，它令我們從曲高和寡的幽篁中逃走出來。詩聚的實情是談笑多，談詩少，但那又何妨？那的確是吐露詩社迎來興旺時刻的開始。我們由最初只有四位成員，發展到有十多位成員，詩聚的規模到那時總算成氣候了。來參加詩聚的人，由不懂得詩只懂得吃批，蛻變成又懂得詩又懂得吃批。我們的詩聚形式亦由一起吃批一起唸別人寫的詩，到一起吃批一起唸自己寫的詩。

後來，我們申請到香港藝術發展局的資助，獲得了對大學生來說算是天文數字的上萬元本錢，出版了兩本詩歌合集。第一本叫《吃掉一個又一個水果》，第二本叫《除草》。我們把它們放在大學書店、東岸、樂文等二樓書店中供有心人免費取閱，有些還寄到公共圖書館中，因此看過這些新詩作品的人不在少數。這兩本詩歌合集，都是因檸檬批而來的，因為當中的作品，不少都來自本來只想來吃批的人。這兩本作品中的作者，很多都還繼續寫作，大家的風格如檸檬批上的紋理，歪歪斜斜，不盡相同，但大家都來自同一個起步點，同一盤大檸檬批。

大學畢業之後，我成為了教師，每年都要教學生寫新詩，教學時亦會用上詩集中的一些作品為學習材料。當教書的人和聽課的人都投入其中，前者便會跟後者說起他以前舉辦詩聚的夜晚有多愉快，也一定會說起檸檬批。學生和當年老師招待過的「艇客」一樣，對檸檬批的興趣遠大於對新詩的興趣。那是正常不過的，我毫不著急，因為我知道事情還會發展下去，人們對檸檬批的興趣，終有一天會化成對詩篇的興趣來。而每當我唸起詩集裡的文字，便會喚起以前在大學時追逐過的氣息，那份先酸後甜的滋味，就是我和一班詩友文字創作的開端。

寫新詩讀新詩的人一直都不多，我一直覺得詩人的血本來只流動在一批被選定的人體內，但透過接觸，尊貴的血也可流到別人心裡。而詩人總會有方法找到同類，走在一起，有些人因為一本詩歌合集，有些人因為一件檸檬批，但那都是因緣上的轉捩點，只是年代不同，和形式有點差別而已。

這些年來，檸檬批的滋味，仍會偶爾再走入我的生命中。每次和學生到中大的行程中，我都會請他們吃檸檬批，那就如一項傳統節日的慶祝儀式。而每次請學生吃檸檬批時，看見他們急不及待把批放入口中的樣子，我總會想起老友們年輕時的樣子。若然看見學生們囫圇吞批的時候，我都不忘告訴他們：「你們多吃一塊吧，不用急，等待一會兒，因為待水珠的滲透進表層，把中間的檸檬慕斯軟化，批才會軟滑好吃。」

逃跑對狗和人來說，都是一件很快樂的事

「你曾聽人類說起『魂遊太虛』一詞嗎？作為一隻狗，我一直都覺得那是一個騙人的模糊概念。你說說，有誰知道哪兒是太虛呢？人們就算真的到過太虛，也不肯定那兒就是太虛，因為以前都沒人告訴過他們太虛的模樣。還有，我們還未討論人類是否真的有靈魂呢。」

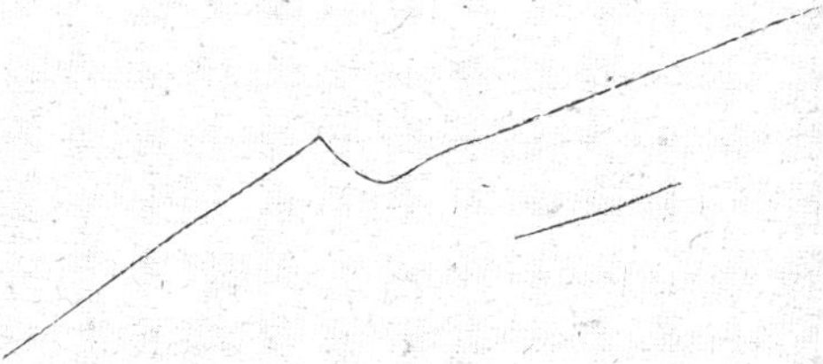

我的老媽在一個叫「置樂商圈」的地方經營賣布的小店，那是屯門市中心旁的一個小商圈。那個地方，不論是從過去、現在或未來的時空去看，都只是香港這個大城市中不起眼的一角。

我小時候放學後便要守在老媽的店子裡，不准四處遊蕩。小孩子當然會怕給困住的感覺，因此我經常出走，走到我最愛的電玩中心和球場，而且我慢慢喜歡從店子裡偷偷逃脫時的快感，就像捉迷藏一樣，但當我被老媽抓到後，便難免要受點皮肉之苦了。儘管藤條已不知打斷多少根，我還是天天偷偷地跑掉。現在回想起來，那時候的自己，若然要在藤條與牢獄之中選其一的話，應該是比較害怕後者的，但這個問題對於一個頑童而言，應該會把它當成中文科的長問答功課一樣，懶得去深入思考。

泥圍

老媽的店子在「置樂商圈」的小商場裡，那是「萬寶商場」，商場內部被劃分成上百間百呎小店，人流如鯽，至今仍頗熱鬧。老舊的牆壁圍起牢獄，內裡的世界由十數塊階磚劃定，人們身處其中，彷彿被一張鋒利的網把我從外界分隔出來。那張網透著刀鋒和冷氣機鏽蝕的味道，迫使我找尋脫逃的出口，哪怕是一道窗縫，或者是一條罅隙，只要一有機會，我便會從那一絲的空間，跨越商場出口前的三十多級樓梯，虎跳出街外去。

我那時逃跑的情況就和我豢養過的黃狗阿旺相似，阿旺一生最大的樂趣就是離家出走，牠會趁外婆忘記為牠扣上狗繩而逃出屋外去。這一頭混種犬，遠看是一身奶白，走近撫摸才能發現灰白的一層只是塵垢和泥巴，底下的毛色原來是一片鵝黃，我想牠這滿身風塵，就是一隻住在村裡的守門狗應有的風範了。牠自出生起便住在外婆家，外婆從不叫牠「阿旺」，只叫牠「死狗」。那個時候，我以為阿旺會如家具一樣理所當然地一直存活於我們的生活中，從沒想到這小狗終有一天會真的從我們的視線逃離。

外婆家是一間鄉村小屋，屋前有田，屋裡有儲水的池塘。田旁邊是一個大豬場，種田和養豬，都是外婆所經營的生計。那地方位處屯門北部的邊陲地帶，正好是新界區中屯門和元朗的交界，那條村落叫「泥圍村」，但人們都只叫它更短的名字：「泥圍」。

外婆每天最忙的工作就是種菜和餵豬，家門前有一棵石榴樹，樹後面有一塊約有七人足球場大小的菜田。它被鐵絲網圍起，網上一年四季都爬滿了綠色的攀枝，天氣稍暖，如藤蔓的綠枝上會長出紫色的花來，花形如外婆睡房床頭燈的燈罩。外婆用長了肉繭的手掌拖著我走過時，告訴我那是牽牛花。這片被紫色的牆圍起的菜田，在它被政府收回前，一直都是我和弟弟探險和收藏寶物的地方。

當我們每次走進外婆家門，黃狗阿旺都會向我們熱情地歡迎，牠是進家的鑰匙孔，人們必須穿過牠才能進屋。阿旺雖然沒有手，但有一條強壯如臂的大尾巴。牠迎門時，左右如旗幟般揮動的是沾上泥巴的尾巴，我真懷疑這隻狗連尾巴也會長出橫練的肌肉來。「嗚嗚，嗚嗚！」牠還會邊發出如狼的嗚嗚，邊用牠灰白的下半身把泥巴揩到我們的褲管上。看見牠高興的樣子，我們會渾然不覺身上已沾染牠如變壞豬餿的體味。

阿旺是一隻母狗，每當發情時便會在家門前的圍網下挖洞，當鐵絲網下的土坑足夠讓牠的狗頭穿過時，牠便會竄進縫隙，穿過圍欄，不中用的撲入外面薄倖的狗情郎懷裡。外婆見到阿旺穿網而出，會用正宗的客家話指著牠大罵「死狗！又發花痴！」看見外婆痛罵黃狗的情景，我被引得哈哈大笑，記憶裡亦刻下了狗屁股一溜煙跑掉的狼狽景象。阿旺教我知道，逃跑就算是多狼狽，也是痛快的事情。不過我的情況，可能比阿旺更為嚴重，因為我不論是在發情期，抑或是青春期和成年時期，都愛逃跑，而且甚麼圍欄也困不住我。

阿旺愛出外流浪的性格，可能跟經歷有關。在阿旺還是隻剛開眼的幼犬時，我和弟弟曾試過戲弄牠。我們那時以大欺小，把小阿旺抱起，然後丟進「生果箱」。牠立時發出嚶嚶嗡嗡的哭聲，用又胖又短小的前腿拚命亂抓箱子的四邊，紙皮上刻劃上幼細的爪痕。我從阿旺的反應體會到狗和人一樣都不喜歡圍欄的，因此也不想再給別人設圍欄，那是一種本能的折射，那麼老媽為何要把我困在她身邊呢？我小時候實在想不到原因，那要到我長大了才想得明白。

上世紀八十年代，在香港生活的孩子，不論在球場或電玩中心都會遇到自認是黑社會、古惑仔的人，我們已習慣了這種生活狀態，那類人打招呼的形式統一，都是一句：「喂，你是誰的小弟？」這句說話，即是叫你自報家門，屬於哪一個幫派堂口。這句問候語經常出現在我童年的夢中。我天天都會在相同電玩中心或球場見到這些人，有一些更是我自小認識的同學。

商場裡的店鋪之間是沒有秘密的，誰的孩子在哪個公園生事，誰的孩子在街上拖著女孩的手，這些街上情報是傳播的很有效率的。我老媽可能是從綿密的情報網得知，自己如浪犬的兒子在電玩中心人脈甚廣，她於是作出了對策，每到周末和學校假期，便會叫老公帶兩個兒子到外婆家寄住，免得漫漫長假，我會在街上學得更壞。

寄住在外婆家的我，空閒時間多了許多，我開始留意到四周隨時間流走的變化，那是在沒日沒夜的電玩中心看不見的新鮮事情。鄉村裡，早上和黃昏都很熱鬧，因為那是餵豬的時間，刺進鼓膜的豬隻歡呼聲，夾雜牠們搶吃的爭吵聲，其聲萬狀，而且在個多小時的過程中不會有一刻會停下來。相對那種喧嘩的時段，我比較喜歡正午到下午的那段時間，那時候，豬圈裡的東西都睡覺了，只有大黃雞會在那時前後晃動著雞頭四處踱步，發出節奏不定的咯咯叫聲。那時的寧靜，在我生活的屯門市區永不會經歷到，石榴樹的果實被風吹落地上的聲音、豬兒和狗兒的鼾聲、柴爐裡柴枝被燒焦的啪啪聲，都細膩地告訴我一則故事。

這些聲音在其他地方一定會被人聲或車聲蓋掉，或者稍不留神便會在耳邊跑掉。我是一個難以在白天入睡的人，太陽的亮光總有方法鑽進我的眼縫，因此我在這個寧謐的環境，不會睡午覺，我會打開母親吩咐我在圖書館借來的書本閱讀，例如衛斯理啦、金庸啦，都是我逃出生活世界的縫隙。我在外婆的家，找到另一個時空裂縫，結識到小說中的不同角色，他們和我在置樂認識到的人物很不同，尤其是金庸所描述的江湖人物，就算是黑道或魔教的綠林中人，他們不會說出：「你大佬是誰？跟邊個？」這等自報家門的黑話，而是講道德和義理，位位都行俠仗義，心懷家國。

外婆的村子，被田園包圍著，方圓數公里只有一間商店，就是村口附近的士多，在那兒寄居，我休想可以像身處「置樂商圈」那樣能夠逃進街上的電玩中心。但是，那時候我彷彿忘掉這種需要，我亦不太抗拒到外婆家，甚至把那兒當成逃離老媽法眼的另一個出口。我從此接觸到生命的寧靜之處，它為我接上了另一個想走進去的空間，那就是書中的世界。

我漸漸發現我頗喜歡到外婆家，從原本不自由的地方逃到沒人管束的世界，在那裡我只須忍受豬場早晨的吵鬧，不能賴床，但我在吃過早餐之後便可盡情地在田野奔跑，摘牽牛花和不知名的果子；然後在下午逃進小說世界，我偶爾會在聯想的空間跳出來和世上最污穢不堪的一頭狗摟摟笑笑。那裡不用怕人說黑話，自己又不用吹牛，也沒人會霸佔你愛流連的地方。

在那兒生活，連晚上做的夢也不同，夢裡見到的人都不會說話，而且都慢慢走到我視線的邊際，我感到前所未覺的安全。

我在夢裡也會見到阿旺，阿旺守在我的身旁，牠那時身體由上至下都很清潔，身上金黃的毛髮散發著海灘的香味。牠在夢裡還懂得說話，說話比我還要多。牠會把我白晝看過的小說劇情再說一遍，如果牠知道事情的典故或歷史背景，牠又會用噴著口水花的長嘴巴，裝起狐狸的聲線為我細細道來。

牠彷彿能鑽進故事的情節中，經常都會為每段情節做小總結，但大多數時候都評斷那只反映作者對現實的不滿。牠有時會揑起喉嚨裝成哲學家的口吻發表名言哲句，又會以情愛專家的身份告訴我裡面的女角色性格就像我喜歡的那一位女孩，我每次都把牠的說話記在心上，但嘴巴會說阿旺的哲理和愛情論都是牠想多了的謬論，作為一隻會唸書的狗，不如談回小說情節罷。

✧ ✧ ✧

「跟你說一件真實的事：人類問逃出家門半天的狗到過甚麼地方，狗都不能告訴人類答案。不是因為人類聽不懂狗的語言，也不是因為狗會說謊，而是因為那任何一個到過的地方，都只是牠尋找過程的一點，狗根本沒把到過的地方放在心上。如果人類真的要狗選一個答案，狗會答他：『那個地方叫快樂。』」

中大

最令阿旺和老媽意想不到的事情，卻在我經常逃到外婆家後發生，那可是我人生中遇過最快樂的事。那是慢慢發展出來的，我和家人都不知也不覺。我於外婆家看看書做做夢一段時間後，「讀書」這回事，居然開始出現在我的生命中。而且我竟然不怕默書和功課，考試成績也好起來。而最教人不可思議的，是我在高中畢業後，居然考上了大學，那是當年躲藏在電玩中心的自己，以及逃到田野間的自己都從沒有想過的事情。

我想過把這件驚人事情告訴我親愛的阿旺，但那時阿旺已離開這個世界好幾年了，我偶爾也會在夢中見到牠，牠比以前更沉迷於挖洞和逃跑，我每次都追趕不上牠那條強壯的尾巴，難以跟牠說到一句話。

阿旺離開後數月，外婆在泥圍的家也被政府收回興建快速公路，那裡是我夢遊的起點，它的消失對我來說有多震撼，對不論是年少還是以後長大了的我，都是難以言喻的。可是，我不想我的反應為外婆和其他親戚徒增傷感，因此很多說話和眼淚，都埋藏在那片土壤的深處。我一直都認為，最應該傷心的輪不到我。至於阿旺，我想阿旺可能是猜到家園將會被毀，再也沒有可以逃跑的草地，也不能再結識其他公狗，所以先於自己的家園被收回，便先走一步，逃走到另一個世界去，逃到一個再聽不到罵牠是「死狗」的世界。

愛逃跑的牠留下了我，但也留下了閱讀的空間給我，我不會忘記當年我一邊用手掃著牠灰塵滿佈的腦瓜，一邊看《神鵰俠侶》的情景。到我長大了，我好像戴上了阿旺的眼睛，能夠從現實中逃跑到文字世界中，裡面的天地也比我小時候所見的更蒼茫浩瀚。

正因為我不喜歡守在家裡，所以我選大學時，只把有宿舍的大學排在選科表的前列。到得知放榜的結果，父母為頑皮孩子如奇蹟般考進大學而高興，而我則因為該大學有宿舍而高興，因為我又可以擺動著尾巴，逃離圍欄，奔向未知的空間。而那個空間的名字本身不算冗長，但人們一般都只叫它更短小的簡稱：「中大」。

我長大後便發現小時候的自己不理解阿旺，但我相信對於阿旺喜歡的環境，我尚算能掌握些許。我想阿旺應該會喜歡大學的宿舍的，因為中大跟泥圍有很多相似的地方，那裡被數座青山環抱，而我又被編入逸夫書院，逸夫書院的宿舍正好位處中大山裡的最深處，在沙田和大埔之間的赤泥坪村旁邊，堪稱中大隱世之地，逸夫書院的宿舍跟泥圍一樣，都合於藏匿。泰半中大學生，終其中大學習的生涯也未到過逸夫書院一次。亦有不少沒宿舍的逸夫書院走讀生，也只會在每年書院集會的數天才進入逸夫書院一次。可見那裡遠離煩囂，恰如屯門的泥圍，位處被忽略的一角，而逸夫書院的學生宿舍亦成為我二十歲前後逃遁的隙縫。

在大學開課前數天，我已急不及待地搬進了宿舍。那時候，那間宿舍叫「一宿」，旁邊順理成章地還有一間叫「二宿」的宿舍。宿舍披著白磚牆身，正門被半山綠樹包圍，只有一條通向大學本部的柏油斜路，宿舍如一個隱士安逸地隱藏在大學的一角。每天的上課時間，大部分宿生都出外上課，只留下「一宿」前面的一個雕塑留守宿舍，宿舍範圍更顯寧靜。那個雕塑線條筆直而簡單，姿態悠閒，像一個翹著一條腿躺臥在陽臺上的婦人，宿生都叫它為「女人腳」。

我的房間在大學宿舍一樓，窗子正好對著「女人腳」，我在窗旁的書桌可以望見窗外明媚風光。床鋪就在書桌的另一邊，我在床上擺放了一隻胖熊布偶，樣子極像阿旺，只是它比牠潔淨。我當初也不知它從哪兒冒出來的，我在家中一發現它便把它抱到宿舍去，沒有問過任何人，感覺上如挾帶阿旺一起逃走似的。帶著這個布偶，心裡的遺憾好像會少一點，我把它當成阿旺，希望它睡在身旁，使我可以較容易追趕得上夢中的阿旺，然後能跟牠說一句話。那句話我小時候沒想過，而到長大時想到了，又想不明白：

「阿旺，人為了要避免被困，逃跑是一種方法，還是只是一種方法？」

我入住宿舍後，便很少回家，每天深居簡出，除了上課和吃飯之外，大多數時間都窩在宿舍中，有時打電玩，有時看書。我生性懶惰，在中大學習了半年之後，便推搪說中文系課程乏味，逃課去也，整天躲在宿舍的床上。後來我跟從朋友提議，一同報讀學習新詩的通識課，我上了這個課堂後，才對上課這回事提得起勁。

那個課程不是由中文系開辦，它是由語文自學中心開辦的通識課，課堂上坐上了來自不同學系的人，文理商的思想會在討論中產生鮮活的火花，跟上中文系的上課氣氛很不同。

教導我們的是杜家祁老師，老師不屬於中文系教授行列，她是隸屬於一個叫語文自學中心的導師，其辦公室在該中心內，我和同學下課後也會到她辦公室找她聊天，我們到那時候才知道中大有這麼一個地方。中心有一幽暗的角落，坐上了三三兩兩戴上了耳機，眼睛跟眼前的熒幕藍光連上了的人。暗角的盡頭放滿了不同語言的電影 LD 和 VCD 供學生於場內借看，其原意是鼓勵學生藉著觀賞電影，學習不同國家的語言。每個人只須要辦簡單的手續，便可跳入影像的世界。我為此興奮不已，在往後的兩年左右，經常到那裡看舊電影。在那裡的時光，令我想起小時候流連的電玩中心，但那裡不會有吃煙和恐嚇小孩的人。

我修讀老師的課程後，認識了新詩，我那時才發現它不只局限於聞一多和徐志摩的民國世界。我之後更和朋友一起寫新詩和辦詩社，新詩就如阿旺愛竄的洞口，它帶領我從原來的概念中跳走出來。那快感似曾相識，我就如走上一條帶風的路，在路上拾起了鑰匙，打開了久未打開的宿舍房門，周遭的風景都飛快地擦身而過，陣風把我吹到新的世界。

同學都愛上老師的新詩課，我更愛聽她藉著詩句說起的哲理和愛情，而且老師說話的語氣充滿自信，我上她的課從沒走過堂。老師是位來自臺灣的女詩人，並經常提醒我們，她是個女性主義者。她自八十年代初便搬來香港生活和學習，她說她是個表面溫婉，內裡反叛的人。我和同學卻覺得她是由內而外都徹底地反叛，遠看分明是個披上黑袍的女巫。上她的課時，由於學員只有十來個，我們會圍成一圈上課，似朋友聚會，既開放又輕鬆，而談論的題材由愛情到社會都有所涉獵。

談詩不能不談電影，她教新詩中的意象分析時，會選播王家衛的《東邪西毒》片段作示例，我那時只看明白很小的部分，似懂非懂的感覺讓我初次明白詩意的質感。課後我在中心借了王家衛另一套電影 LD 來看，那是《重慶森林》，王菲飾演的阿菲在戲中說過一句獨白：

「那天下午我做了個夢，我好像是上他家去了，離開的時候，我以為我會醒過來，誰知道有些夢是永遠不會醒的。」

阿菲令我又想起了小狗阿旺，想像阿旺也時常離家，牠是否也和王菲一樣，用別人的鑰匙穿進別家的房子中，喝別人的水，睡別人的床，在意中人的房子想像自己和對方共處的時光。逃走時的安全感是夢境還是現實？

老師寫新詩，也寫散文。可能因為從未跟作者走得那樣近，我對她思想的世界感到好奇，也覺得親近，我因而主動找她的著作去看，有點像偷窺別人的生活。我從老師的散文中認識到一些跟電影有關的名字，它們有些是導演，例如：活地亞倫（Woody Allen，臺譯：伍迪・艾倫）、侯孝賢、楊德昌；有些是電影的名字：《陽光燦爛的日子》、《壞孩子的天空》。

後來，我在旺角的信和中心找到《陽光燦爛的日子》的二手VCD。買下光碟後，我才發現VCD的膠盒其中一角碎裂了，但我拿著光碟，仍開心得像《重慶森林》中的王菲拿到梁朝偉家的門匙一樣，立時以奔跑的速度趕回宿舍去把影片放出來看。

電影中的主角馬小軍由內地年輕演員夏雨飾演，角色是個生活在大陸文革時代的少年，額頭上、背項上整天都滲出汗珠。那個年代，學校經常停課，馬小軍無所事事，會跑到街上用改裝的鑰匙，插入不同的門口偷偷試開。終於有一天，他居然找對了門口，卡的一聲，開門進入了一個單位中，他興奮地跳進屋內，在裡面把玩屋主的器物，推想他們平日生活的面貌。他對別人生活的好奇心不斷膨脹，後來，更發現屋主女兒的泳衣照，女孩的名字叫米蘭。馬小軍對笑容燦爛的她產生了遐思。他以後經常偷偷溜進那一個單位，而那女孩，亦從此跑進他青春期的思慕中。

影片的主角跑進別人房子，就是想藉此從父母的禁錮、荒謬的社會環境中，逃進屬於別人的、陌生的生活中，他比《重慶森林》中的王菲更需要逃進另一個空間中躲避現世。我由此想起阿旺的情形，牠在我們家中有一個叫「阿旺」

的名字，但牠跑到不同的情郎胸懷中的時候，對方總不會也叫著「阿旺」這名字吧？耳邊傳來另外一個名字，應該會有新鮮感吧？阿旺會不會有逃離現實的快感？我小時候在電玩中心也曾經有過類似的經歷，但卻不太受用。說黑話的人呼喚自己的名字或花名，我會感到那好像是別人的東西，當中又會夾雜著新鮮感和一點不安的情緒。我到十多年後才有足夠的智慧去把握這份感覺，但到了這一刻，已沒機會跟阿旺比對和分享了。那份似有若無的遺憾，也許就是我和《陽光燦爛的日子》中的主角所不同的青春期印記。

我很喜歡跟從老師的指引去找電影看，它成為了我在現實中逃走的路線圖。我之後在語文自學中心和宿舍看了很多的電影，我看電影的歷程，就像電影主角王菲和夏雨一樣，拾到鑰匙後，找到對的門，得以進入到別人的房間。但我打開的房門，沒有通入意中人的房間，而是通向海洋，一片很深的海洋。我穿越了現實的門，每一套電影都是路線的浮標。我跳進面前的一片蔚藍中，像一個剛學懂泳術的人，朝海中心使勁地划動四肢，妄想遠離本來身處的陸地，僅僅是遠離，遠離得愈遠愈好。

和電影度過的每一分鐘，我都珍惜，我很喜歡投入另一個世界的喜悅，而且有些畫面，更令我想起之前逃進過的、一些新詩描述過的情景。從此，我跡近沉迷地看電影，每當現實的聲音太吵鬧的時候，我便會看電影。在中大翠綠的深處，我的耳邊傳來電影的配樂聲音，夾雜角色們細碎的對白，聲音令現實裡的一切都變得小說化；人物交織，衝突交錯，我那時會催眠自己，提醒自己不要太快清醒，讓自己以為回到外婆的村屋，重回一個有阿旺存在過的夢境中。

✧ ✧ ✧

「你知道嗎？曾飼養過狗的人類，都會在幻想未來時，想像在望不見的彼岸，可能會有一頭老狗的身影在等待著自己。而這一刻的人狗分離，只因為狗逃跑得比人快罷了，那其實是自然不過的事。」

畢業

每個人都有一個要逃離的地方，就如我，從老媽的店子逃到街上去，之後從屯門市區的石屎森林逃到鄉郊的泥圍去，又從家裡逃到大學的宿舍中，最後又跟著意象迷幻的地圖跑到不知名的聯想世界。至於阿旺，牠從鐵絲網的圍欄逃到牠的原始欲望中。究竟我們要逃走到甚麼地方？那裡是否和自己本來的夢想一樣？阿旺雖然比我更會逃跑，但我想牠都答不上一個所以然來。

我記得逃走時是有一種興奮的感覺，它會透過環境上的變化來傳達，那可以是一陣迎面的風，也可能只是眼前急速後退的樹影，我懷疑它們根本未有過實質的形態。雖然那只是很短促的快慰，但那已經令我從現實世界中走出來，那一刻，本身就很有意義了。其意義不是功利地存在，就像我在中大的逸夫書院宿舍納悶時，會跑到語文自學中心逃離現實一陣子，而那時的我有真的學習到語文嗎？電影中很多劇情都會在吃飯和睡覺後漸漸變成被遺忘的斷續印象，更何況是他國的語言？逃跑進電影中的經歷不會成為增長我學識或改善寫作技巧的助力，但那段時間就是很快樂。

就如我喜愛聽一首電影主題曲，那是《重慶森林》的〈夢中人〉，狀如夢遊的王菲抖動單薄的肩膀，乘著急勁的音樂唱出如兔子跳動的心情。當年我聽這首歌時的那份感覺幾經歲月沖刷，質感已模糊，但還是令日後的我覺得愉快之極。當中的音韻助我短暫地從現實中抽離的作用及多年後殘存的記憶，我以為這就足以詮釋逃跑的意義了。

從大學畢業後，我到了報館工作，對於那個窩藏了我三年的大學，我是萬般的不捨，我想那份感覺，就如當年政府收回外婆在泥圍的農地和屋子時一樣，只能用無聲的沉默去回應，人大了，便知道走過的土壤中其實收藏了許多沒說的話。在編輯部繁忙的人聲中，我惦念著大學的寧靜，因此我經常會借探望師弟為名，在周末假期回中大借宿一晚。不過，那裡終究不是自己的狗屋，感覺還是兩個模樣。

逃跑的地方給封閉了，阿旺會想出甚麼樣的對策？幸好老師留下另一張世界地圖給我，那個世界沒有牆壁，可以是文章，也可以是詩句，我甚至可以用自己的文字畫出風景和人物，故事的情節足以教成年已久的我仍樂而忘返。地圖上堆積的新細明體，可以令我和大學看過的電影連繫，又可以帶我回到回憶中的「置樂商圈」與泥圍。

那裡有陽光有壞孩子，也有田野和電玩中心，那兒沒有路線的指示，但那是我走過最遼遠的地方。我又可以用文字把本來已經離我遠去的人物呼喚前來。

現實的圍欄是必然地存在，而且跟隨人們的年歲加建，它們在每個生命中未曾消失過，只是呈現的形式隨時間而不同罷了。人愈老，亦愈難於去衝破它們，而我亦懶得去理解圍堵我的磚塊是圓的還是方的，因為我知道阿旺早已在圍欄下留下不同的洞口，那是可以帶我逃跑的出路。

「你永不要相信句號，它只代表句子組織上的完結，但不代表故事真的終結。」

有時望著電影院的布幕，我的腦子會冒起跟電影情節無關的影像，那是一隻黃狗逃跑中的屁股，我已不記得我是真實地見過它，抑或它只是夢中的情景。這時我只會觀望，不會急於追趕。

除了那個飛奔中的、毛茸茸的屁股，我還記得在我小時候的夢中，阿旺和我談論小說時的情形，牠在我的夢中一向多言，絮絮不休，說過的話不下數千，但有一句記憶尤深，牠好像曾說過這麼的一句：

「我告訴你，無論你把一部小說看多少遍，也永遠不會知道故事的角色在結局之後會逃跑到甚麼地方去。而你也不需要跟著他們跑，因為跟著別人的腳步逃跑，那根本不是逃跑的意義。」

想想故人

乒乓球上的金句

在我讀初小的時候，我鄰家的姐姐帶我上教會，她告訴我那叫主日學。媽媽很鼓勵我跟姐姐上主日學，因為那時弟弟還小，要同時照顧兩個孩子會很累，難得有人肯帶走其中一個，她當然拍手歡迎。於是，我逢星期日都到教會上主日學，聽下經，背下金句。教會的哥哥講完聖經故事後，會給我們一小時背誦金句，我記性自小便不錯，用十分鐘已能熟唸那數行金句，背誦完了，哥哥會讓我在餘下的時間自由活動。

我上的教會，其實是一所位處屯門的中學校舍，平日學生在那裡如常上課，到周末便會開放課室和禮堂，供教友做禮拜。它在我居住的友愛邨裡，要走一道很長的樓梯才到校門。這所校舍很寬敞，跟其他教會學校一樣，給打掃得特別潔淨，裡面有球場，有雨天操場，有一天，雨天操場的角落多放了一張乒乓球（臺稱桌球）桌子。我在自由時間發悶，便向教會弟兄借來球拍，和其他空閒的孩子打起乒乓球來。

從此以後，打乒乓球成為了我上教會的主要目的，金句甚麼的都拋到腦袋後面，一回到教會，便等待自由時間。每一個星期，我都會和兩個固定的球友打球，我們沒有在之前約定。大家準時地在同一地點出現，全因為知道那時候會有一些喜歡打球的人會在那兒，那種互相信任的感覺比之後工作後白紙黑字寫下的承諾更踏實。

小時候，結識朋友是一件很簡單的事，隨處都可以找來玩伴，在公園可以隨時找到朋友玩「捉伊因」（捉迷藏），在街上的球場可以隨時湊夠五個街童「跟隊」打足球，玩樂過後，有一些真的會繼續聯絡成為朋友，有一些便從此消失於大家的生命中。大家走在一起，只不過是想玩罷了，孩童時代就是如此單純率真。

我和這兩位小教友，連對方的名字也沒問起，每次打球，都只叫大家高佬、瘦仔和肥仔，都是很純粹但很清楚的稱呼，只求呈現大家的存在感。小孩子萍水相逢，平日上學又不會相見，在對方心上孰肥孰瘦也沒所謂。而連繫大家的，而且大家都為之不顧身世的，就是一張木桌、兩張沾了汗漬的紅膠面雙喜球拍和數顆橙黃色的小球。

我從小便有一個本領，就是在專心看著眼前的事物時思考跟眼前事物無關的東西，我之後認識的女朋友告訴我那即是發白日夢啦。

我發現這種本領，就是在我上主日學背誦金句的時候。書中句子都不長，很快便能記在腦中，當背誦好句子沒事做的時候，我便會進入發白日夢的狀態。那時我張著眼皮望著主日學的金句冊子，眼前會跑來一張抹布，把書上寫的《腓立比書》以及《以弗所書》從我腦中逐字逐句抹去。之後會有兩塊我買不起的紅雙喜反膠粒乒乓球拍在我眼前冒出，兩塊鮮紅的拍子分成左右之勢對峙，而中間分隔開它們的便是一行充當起乒乓球網的十字架，它們排列整齊，乒乓球便在十字架上空隨球拍的抽擊上下彈跳。到打完十一分賽事的時候，便差不多到哥哥要我們默唸金句的時間。我總是最早唸好金句的孩子，因為我知道唸好了我便可以跑去見肥仔和瘦仔。

那時的我誠然覺得運動能連繫世界上的所有東西，在我這個小孩子眼中，它比信仰還要偉大。就我背金句時所領悟的宗教氛圍去解釋，上主日學、打乒乓球、結交肥仔和瘦仔，都是上主教好我的旨意，但我相信這應該不是姐姐和媽媽要我上主日學的原意。不過小孩子望著未能消化的大道理，自有其詮釋其說的想法。

我背過聖經中《以弗所書》所記的一句金句：「以和睦聯繫，竭力持守聖靈所賜的合一。」即是說，上主教導我們，人和人之間就算有多大的成見，都必須要放下。我們要用上主給予我們的，存在於精神上的美善，把大家綑綁在一起。而且，和平的相處是在心靈裡的，而不是在表面化的建構系統裡。

我和肥仔、瘦仔一起打的乒乓球，不就是令我們拋下名目上的毀譽，團結地走在一起歡笑和跑動的美善嗎？那時背誦著金句的我，想通了一件事：乒乓球可能就是上主教我們明白道理的引子。我白日夢中的乒乓球，使我明白到信仰要用生活去實踐。而且通向美善的方法有很多種，場地也無定，可以在我和肥仔瘦仔的一場比賽中，也可以在我夢裡的一顆球上。

我之後沒有洗禮入教，背過的聖經金句，都隨抽擊乒乓球時流麗的直線剪成了斷裂的記憶，但我知道裡面的意涵都是美善的。我在高中時讀文學，看過道家思想的一句話，莊子說：「道在屎溺。」道家講的道，是天理，即是我們現代人所說的自然定律，而在自然界中，屎溺的存在，正好體現了生物取用自然，最後還諸自然，滋養萬物的循環關係。它是順應天理而行方會出現，因此它的存在正好教懂我們何謂自然之道的美善。我明白這道理後，除了改變了對所有便溺的看法外，更明白到我背誦過的金句跟乒乓球之間的關係。

到了惶惑的中年，我體會到以前在主日學中背過的金句道理，並沒有在我的成長過程中變得灰飛湮滅，當中的美善，伴隨著對成長玩伴的懷念，落在我和肥仔瘦仔追逐的乒乓球上。我雖然在往後的歲月中，沒有成為一位教徒，但金句中的大義，原來已一下一下的烙印在我們成長的汗水中。那輕若鴻毛的球兒，曾經帶領幾個男孩成長，在球兒閃動的一刻，他們超脫於人世間的虛情假義，用愉快的抽擊聲把友誼與青春緊緊地團結在一起，那是最簡單直接的關係。當時的快樂，和人情的美好，清脆鏗鏘得讓人不介意打一場「刁時」（deuce）的賽事。

✧ 本文獲第十二屆香港文學節「致青春」中文徵文比賽公開組季軍

大鐵人

在我還是個幼稚園生的年代，幼稚園學制較現在的簡單，只分成幼兒班、中班和高班三個年級。在讀中班的時光裡，我的下午時光過得非常愉快，因為我有陪伴著我的人，他是大鐵人17號。

大鐵人的腦袋像個小孩杜蟲時要吃的花塔餅，花塔餅兩側掛上一雙大耳朵。他身穿藍紅雙間的戰鬥服，鮮明的黃色17號標記挺在胸前，當他雙腿一蹲下，腰肢前彎，胸膛貼著膝蓋折合，大鐵人更能搖身變成一部戰鬥機。

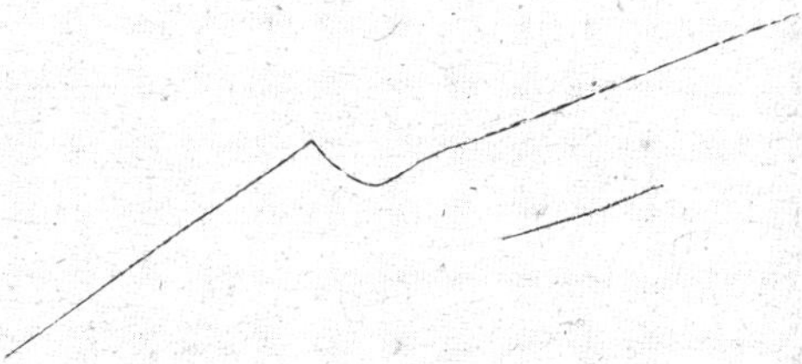

每天放學，我都想像自己會像大鐵人般在半空飛翔，腳下一雙皮鞋能化成飛行器，噴發出硝煙和紅火，帶我脫離地球的引力，穿越幼稚園門外的滑梯，再跨過兩條斑馬線，飛回我那個叫作「家」的基地。當時間走到四時三十二分，我按下電視機的開關，大鐵人17號便會在家裡和我會合，一起打怪物。他打敗敵人時會高舉雙手大叫，我最喜歡跳上沙發上模仿他這個模樣。

爸爸知道我喜歡大鐵人，應承我如果在中期試考到第一名，便買我超合金大鐵人。我聽到開心極了，超合金三字在小男孩的幻想中佔據了超然的地位，它根本不是來自地球的金屬，它跟大鐵人是天作之合，是世上最堅硬的聖物。我聽到爸爸說話的那一刻，雙手彷彿已抓緊大鐵人鐵甲身軀，冰冷的質感從聯想中傳到卜卜亂跳的心房。

人生有目標是很重要的，有目標的話，等待的日子會過得沒想像般漫長，中期試很快便考完了。穿連身裙子的班主任恭喜我考獲全班的第三名，但我卻只聽到我不是第一名。我接過橘子色的成績表時，在心裡飛翔了個多月的大鐵人，突然給撕碎成一張張紙片，在我眼睛前飛散。可是，爸爸看過成績表後卻說：「不要緊，我依然會買大鐵人給你。」爸爸的這番說話，就像是來自天上的綸音，我的心情隨他的聲線起飛，就在我正想跪下來說「謝主隆恩」之前，爸爸補充了一句話：「我下月去行船，我到巴西時買給你。」

還是個幼稚園學生的我，對於爸爸這番話，聽得不太明白。首先是我不知道甚麼叫「行船」，那應該是坐船的意思吧，我那時試過從屯門碼頭坐飛翔船出中環的卜公碼頭，要坐整整一小時，那應該是差不多的情況吧。另外，我也不知道「巴西」是甚麼地方，也不知道它離香港有多遠，因為那時足球小將還未在電視臺熱播，我還未知道那裡是戴志偉為了追尋盧比度叔叔所到的足球之國。因此我聽完爸爸的說話，只知道爸爸是會買大鐵人給我的，只是他要先坐一會兒船，到一個叫巴西的地方去買回來。

爸爸不是從香港上船工作，要先乘飛機到德國的漢堡，到了那裡後才能上船。我已忘記我和媽媽有沒有送爸爸上機，只記得爸爸走了後，我們居住的單位突然變得很冷清，睡覺時聽不到爸爸如雷的鼾聲，我夜晚慣了爬上媽媽的床上，靠著媽媽的體溫才能睡覺。

爸爸行船後，媽媽一直都表現得堅強，就算遇上颱風來襲，她也對我指揮若定，帶著我關窗，和在玻璃窗上貼牛皮膠紙。我看著媽媽爬上摺凳去關上貼近天花的氣窗時，我發覺她的身形原來很細小，我跟她說：「爸爸不在，我會變成大鐵人，由我保護媽媽。」媽媽說我看太多卡通，會變成傻仔，並著我趁著還未變成傻仔前，先幫她把牛皮膠紙剪成條狀，再把它們貼在窗臺的邊沿。我之後當然沒變成傻仔，但我卻知道了另一個消息，媽媽告訴我，我快變身成為哥哥！

媽媽知道自己懷了第二個孩子後，行為跟以往沒兩樣，只是換上了飄逸的寬身裙子。但我知道消息後，放學後再不是即時開電視跟大鐵人會合，而是陪媽媽在沙發上聊天。媽媽又從圖書館借來童話書，為還未能認字的我說故事。這段時間，我最愛的事，是在聽過格林童話後，把耳朵湊近媽媽的肚皮上，聽裡面流動的水聲。媽媽問我有沒有聽到弟弟在游泳？我說沒聽到。那如潛進深海的聲音，只引領我想起還在海洋中漂浮的爸爸，不知他的船現在駛進了哪一個城市？不知他到達了巴西沒有？不知那裡有沒有巨人的花園？他在花園裡有沒有遇見大鐵人？

在弟弟出生前三個月，爸爸在一個叫福岡的日本城市打了一通長途電話回來，說兩星期後便回來。媽媽知道後只說長途電話好貴，回來便回來，不要打電話來，浪費金錢。我聽到爸爸的消息後，腦子裡飛來久違的大鐵人。

家的溫度從此變了，而我也想起大鐵人這個老朋友了。第二天，我想再次和大鐵人會合，準時四時三十二分打開電視機，卻看不見大鐵人的身影。原來大鐵人已在爸爸行船的期間，全部播映完畢，換成了另一套卡通片，裡面只見一個半裸的肌肉型「鬼佬」，朝天空舉起重劍，請求一個叫骷髗頭堡的地方賜他力量。

爸爸終於回來了，媽媽帶我到老遠的九龍城啟德機場去接機，一見爸爸，我便問爸爸大鐵人是不是收藏在行李箱裡？他告訴我，他在巴西找不到大鐵人，沒有把它帶回來。我聽到後眼淚立時奪眶而出，但爸爸還以為我是因為他回家了而感動落淚，開心得把我抱上他的肩膀上。回程的路上，只聽見爸爸清朗的逗笑聲，但我眼前的景物都蒙上汪汪的淚水，甚麼也看不見。

爸爸雖然沒有買大鐵人給我，但他回來後，卻慢慢變成了一個大鐵人。他在弟弟出生後，便再沒有去行船，留在香港這片陸地，伴在媽媽身邊照顧弟弟和我。他亦從此轉了行，在地盤工作，每天不是搬磚頭，便是鋪混凝土和架鋼筋，全都是粗重的工作。他修長的身形一天一天粗壯起來，肌肉變得像超合金般堅硬，只是他身上的超合金看起來比大鐵人黝黑。他的手臂強壯有力，我記得我和弟弟可以輪流以雙手攀附在他的臂膀盪鞦韆。我那時才知道，就算我沒有大鐵人的超合金噴射器，只是攀附在一支港產鋼條上，也可以在半空中飛翔。

我真懷疑過爸爸在地盤會把鋼片和鐵皮包在身上，使他的身軀慢慢變成大鐵人一般，不怕槍彈和激光的傷害。他不下一次，在地盤的鷹架上爬來爬去時，撞破了頭殼，放工回來，只見他用紗布包著傷口，他每次出意外後都不會進醫院接受治療，頭破了也止血便算，不會給醫生縫線。他不肯去看醫生，因他怕要請病假，所謂手停口停，請假的日子會沒人工，而且判頭也可能因此而換掉他。他受傷回到家，只叫我幫他在傷口塗抹一樽叫「獅子油」的東西，那東西味道刺鼻，像印度人身上的氣息。第二天，他抹一抹傷口邊沿溢出的血水，再包上一塊紗布，便上班去。

其實爸爸最後也有買大鐵人給我，但那是在他行船回來之後的事。他剛回來的那段時間，從地盤拿到薪水不多，僅僅足夠我們一家餬口，加上弟弟又剛出世不久，家中最缺的就是錢，因此難有餘錢買大鐵人給我。但是我那時年紀小，不會想那麼多，總是埋怨爸爸不講口齒，每想起大鐵人便想一拳揮向爸爸的大臂膀。我那時不知道，他原來沒有忘記行船前許下的承諾，到了另一年，他工作多了，手頭變鬆動了，才把大鐵人帶回家。我收到遲來的禮物後，開心得像大鐵人打倒怪物後一樣，跳上沙發高舉雙手大叫。

大概一年之前，我也試過重演過大鐵人的動作，就在爸爸打長途電話回家那一個晚上。我還記得媽媽見到後，在旁喃喃說道她會努力不再多生一個傻仔來，我聽到了感到特別的高興，禁不住張開嘴巴大笑起來。

爸爸在地盤工作了很多年，手腳上劃上的皮外傷無數，頭也破了數次，但一直都不曾告病假。到我大學畢業了，他還像戰鬥機般在鋼筋之間飛來飛去，直至我也出社會工作了數年，爸爸才退休。他本來還不想那麼早退休的，只是因為患了肺病，咳得厲害，醫生說工作辛苦便容易感染病毒，他勸爸爸到這個情況，是不得不退，如繼續在地盤工作，身體會捱不住。這次大病成了大鐵人的警號，他胸口的紅閃動起來了，即是到撤退到基地休息的時候了。

鐘擺的擺動永遠不會只靠向一邊，爸爸在臨退休之前，中過一次六合彩三獎，可是拿獎金居然變成了他的憂慮。他怕到馬會拿獎金時，身懷數萬元巨款，會給人搶了。那時的爸爸比年輕時瘦小了許多，鐵甲的手臂換成了收縮的皮膚和肌肉，它們已包不住手臂上粗壯的紫色經絡。到了他取獎金的那天，他著我一同前往，想我當保鑣，護衛那筆現金，我亦很樂意為大鐵人當護航。

爸爸說過他人生中最大的成就，其一是中過一次六合彩三獎，另一是生了兩個兒子，一個拿筆桿謀生，一個拿攝影機謀生，兩個傻仔都不用像他一樣，到地盤辛苦地「捱世界」，頭殼不用經常掛彩。

大鐵人其實到了62歲才退休，同事到了他退休那天才知道他年紀已那麼大，之前一直以為他還只是50歲上下。肺病痊癒之後，大鐵人還不時到地盤擔當替工，仍不時變身成戰鬥機，從這幢大廈飛到那幢大廈。

打風的日子

小時候，我一家四口住在一個三百呎（約十坪）的公屋單位中，「單位」這個關於家居的稱呼取名得好，它彷彿是個不牽涉眾數的名稱，正好形容的家的常態。我小學時學過兩個跟「單」字有關的詞語，它們分別是「孤單」和「單獨」，中文老師要我們每天把不同的詞語抄寫十次在詞語簿中，其中一次就是抄寫這兩個詞語。我把這兩個詞語抄寫在格子簿上後，兩行的文字影像交疊在我的腦海中，我從此知道了一組文字組合：「單」字，不是和「孤」字走在一起，便是和「獨」字走在一起。而「單」這個字，最終都走不出「孤獨」的意思。我家住的「單位」，恰巧就是一個「孤獨」的「位置」。

我居住的單位，大多時都是沒有人的。每天大部分時間，小孩上學去了，大人也上班去了。一般來說，就是家中沒有人，因此，我住的單位，它大多時都是處於孤獨的狀態。

我的父親是個地盤工人，每天八時多便要到達地盤工作，因此他很多時在天未亮的時候便要出門上班去。地盤是一個流動性很強的概念，它可以在離家很近的屯門或元朗，也可以是離家很遠的香港仔。父親對於上班的地方，是身不由己的，他時常說：「有工作的地方，便不遙遠。」而據我的觀察，我只知道：「有地盤的地方，很少是不遙遠的。」因為爸爸每天都很早出門上班，很晚才回家。

我的母親在屯門一個叫「置樂」的地方做小生意，店子售賣的東西很多，很複雜，店裡有賣童裝，有賣家政用品，客人也可在那裡訂造窗簾和床單。別人每次向我問起母親是賣甚麼東西的，我都很躊躇，不知從中選答哪一款貨品才是最恰當的答案，只好籠統地說母親是賣布的人。我記憶中的母親，每天大部分時間都在布疋的簇擁中工作，她不是在裁剪布料，便是在衣車前車窗簾。鋪子就是她作息的森林，她不用管森林以外的世界。她平日回家的時間比父親還要晚，就算是星期六和星期日，甚至是新年，她也要到店子工作，我和弟弟自小都不曾有過在假日全家出遊的念頭，因為媽媽總會說：「假期時候的客人才多著呢。」。「Family Day」，這個叫「家庭日」的舶來語，是我在高中時，從一個家庭觀念很重的女同學口中得知的，我之前根本沒想過月曆上會有一天是屬於家庭的。

我唸小學的時候，母親怕我獨留家中易生危險，因此不能獨留在家。我每天中午放學後，不許直接回家，母親要我到鋪子和她吃飯，之後整個下午留在那裡。我常常偷偷從店子溜走，四處蹓躂，對孩子來說，要困在布疋牢獄之中半天實在太悶了，而我關於那時的生活記憶，印象最深的都是在鋪子附近的電子遊戲機鋪流連的情景。我腦海中關於母親的印象，很少是以家中環境為背景的，最易記起的是她在鋪子手執大剪刀和三角形劃粉在桌子上剪裁布料的形象。

當年就算我做錯事了，母親拿起來打我的家法，也是一把在店子裡用來量布的三英呎長木尺，而案發地點也一定是在她的布疋森林裡。

家這個地方，在我心目中，一直也只是個單位罷了，就算夜裡一家人都已回家，也只是在那裡洗澡和睡覺。但到了颱風來臨的日子，它便會變得不那麼孤獨。

颱風這回事，在一般的香港小孩眼中，只代表了校曆表上的黑色上課天，在一覺醒來後給換成了紅色的放假天。風暴對一個城市的破壞，和它影響了多少人的生計，在小孩雀躍的思緒中，這些成熟的想法從來都沒有佔據到位置。我的腦筋在小孩的時候可謂是「一般」得很，可謂一點也不成熟，每天只盼望著八號風球會在明天到來。因為颱風來到了，小孩才不會上學，大人才不會上班，我所居住的單位，那天才會熱鬧起來。我覺得小孩子的我，心底裡是盼望自己的家能像其他同學的家一樣熱鬧。

只有遇上八號風球，爸爸的地盤才不用他上班，媽媽的店子才會休息一天，住在這個公屋單位的成員才會整天留在家中。我那天只會比平日上學的早上晚起一點點，因為我想看電視上的風暴消息，我很關心颱風的走勢，期望報導風暴消息的姐姐能告訴我颱風會在香港徘徊的時間長一點。

媽媽在那個早上會煮慣稱「公仔麵」的即食麵給一家人做早餐，上面會加上半熟的煎蛋和三花牌午餐肉，還有不知是幾天前吃剩的數棵菜心。麻油的香氣在碗子上蒸騰，一家人，四張面孔湊近碗子，鼻子都被溫熱的味道包圍。狼吞虎嚥的饞相，齊齊整整的在熱鍋上面靠攏，被麻油的香氣薰蒸出溫熱的眼淚水。

爸爸則會著我不要只顧看著風暴消息，要我把之前用錄影帶錄影下來的明珠930電影播放出來，讓一家人看電影。我記得有一次颱風天，我們連續看了兩套電影，那是《海神號遇險記》和《回到未來》。平日孤單的公屋單位，那天填滿了驚呼聲和歡樂聲。在這個風雨飄搖的早上，屋外風雨交加，我們居住的單位彷彿換上了比過新年更熱鬧的氣氛，洋溢著電影情節和餐蛋麵氛圍的悠閒氣息。

如果颱風在當天下午還未走遠，爸爸和媽媽便鐵定不用上班了，那他們看完電影，便可再陪我和弟弟玩暴風中的遊戲，那個只能在打風的時候玩的遊戲叫「放膠袋」。住在公屋的孩子，身處高樓之中，天空都屬於大廈和高壓電纜的，平日都沒有足夠讓孩子放風箏的空地。但到了颱風的一天，風力夠了，我們便可以打開自己單位的窗子，把穿上毛線的背心膠袋放出去，那就是我們屋邨孩子的風箏。膠袋會隨窗外倒吹的強風吹起，線夠長的話，可以把膠袋放到幾層樓高。百佳和惠康等超級市場的膠袋較街市小店中取得的膠袋大，亦比較堅韌，較為適合作放膠袋之用。

爸爸在旁陪我放膠袋，會說掃興的說話：「我以前在家鄉，地方大好多，天又高，可以把風箏放到雲層上去，可現在的孩子卻只能把膠袋放上幾層樓高。」我聽見爸爸的說話卻毫不在乎，有爸爸陪著我望著發出颯颯聲的百佳袋已夠開心，而且放完了又可以吃媽媽煮的公仔麵。而其他單位的孩子也會依樣畫葫蘆，在家裡翻出每一家都能找到的「放膠袋」用具，做一會準備工夫，在暴風離開前，膠袋一定可以從單位放出升空。一時間，整棟大廈都飛滿黃色白色的UFO，每家人的眼睛都靠著窗口的窗花，目光聚合在灰暗的天空中，雨水會打落在大人和小孩的臉上和手臂上，但大家都彷彿渾然不覺，繼續聊起平日沒興致閒聊的內容。背心膠袋翩翩飛舞下的瑣碎話題，雖然偶爾會被風勢打斷，有一段沒一段的，但那就是最完整的家庭時光。

當風雨過後，風聲停下來，天色也漸漸變得光亮，一切都好像已準備好和天氣一樣，回復原來的位置。單位在另一天，又要回復孤獨的常態，父親和母親又要以餬口的名義離開單位。小孩子如常上學去，一個又一個的小腦袋又再進入期許的時態，希望上天這一年能再賜予他的家一個打風的早晨。而在那天來臨前，小孩子必須要先儲起四包公仔麵、午餐肉和雞蛋，並且確保家中起碼有一個百佳或惠康的超市背心膠袋。

聽老師的話

記小思老師

人喜歡說閒話，在我讀大學時，聽過的閒話也不少。同學之間圍在一起說閒話，我們稱之為「吹水」，當年我們在課後最忙碌的就是「吹水」，聊得興高采烈之際，當然也會聊起跟老師有關的閒話，但是，在我記憶中從沒聽過有人會說起小思老師的閒話。

我記得那時候，大家都不以「小思老師」這種稱謂稱呼老師，大家都叫她

「盧生」（全稱為「盧瑋鑾先生」），好像那樣才足以表達對她的尊重。盧生身邊的確是有一道氣場的，因為當人聽見她跟別人說話時，她那中氣充沛的、充滿激情的聲音，和當中一針見血的評語，便會很易被她折服，總覺得從她身上會學到很多東西。因此，那道氣場的存在不是因為她的嚴厲或兇惡，而是因為她那為人師表的光輝，真可謂神聖不可侵犯。

我那時修讀她教授的「現代散文」課，由於太多人報讀，所以要抽籤決定名額，我還記得當時知道自己中籤那一刻，真有中獎的感覺。到上大課時，有上百位學生來聽盧生講課，當中部分學生是沒抽中籤的旁聽生和慕名而來的外系生。但由於入場人數太多，就算上課的地點已用上當時大學本部最大的太古堂HALL 2，座位仍不敷應用，仍有一些學生要坐在座位之間的梯級聽課。

「現代散文」課除大課外，亦設有導修課，一般課程的導修課，大多數只安排同學進行學術報告，但盧生的課程除了一般的導修安排之外，還劃出了一堂來進行特別的活動，而上課的地點就是她的辦公室。她會把百多位學生分成二十多個小組，他們會被安排在其中一堂導修課中上她的辦公室。

我記得同學都期待上這一課，因為可以解開心中的一些謎團。大家都從中文系的前輩中聽過一些傳聞，例如盧生的辦公室空間比其他教授的辦公室寬廣，因為那才有足夠位置擺放她的藏書；又有另一傳聞，就是盧生的辦公室有機關，按動隱藏於書海中的機關後，才可以開啟密室的暗門，暗門後收藏的，正是江湖傳聞的「盧生珍藏書」是也！而最離奇的是，上過這一個特別課的人，別人每次向他們問起這一課的情形，他們的嘴巴都變得密不透風，不肯對課堂所見透露半句，只會露出神秘的、滿足的微笑。因此，未上這一課的人都顯得心癢難當，而且亦只能夠無奈地在等待的無盡時光中胡思亂想。

到了上盧生辦公室那一天，我和導修課的同組同學都不敢單獨直闖她的辦公室，彷彿連盧生辦公室的門口也有一道無形的氣場，若然我們逐個叩門便是一種冒犯，總覺得那太無禮了。因此，數位同學約定在她的辦公室門外集合，到了的同學先在門前靜候，等待時連呼吸也不敢使勁，只靜靜地待在盧生門外，站得筆直。待組員都到齊了，其中一位才輕叩盧生房門，一起進入神秘的盧氏領域。

盧生的辦公室光線不太足夠，光源都被到頂書櫃遮蔽。大家圍在盧生的案前就座，她在房間說話的聲音比在大課時聽見的溫柔，可能因為空間細小，她可以稍稍收起那來自丹田的聲音。她手握著米白色的大茶杯，呷一口茶後，逐一唸我們的名字，慢慢地，仔細地唸，唸的時候，眼睛會望著名字的主人。她跟我們說，在大課中要面對的學生太多，既不能逐一跟我們談話，連我們的名字也沒唸過，若是課堂就這樣完了，便太不像話，教書不可如此。因此，她特別安排這個課堂，好讓她唸一次我們的名字，看一看我們的眼睛，她想記著我們每一個的名字和眼神，那麼課堂才算完整。

那個課堂，成了一個凝定的時刻，我也不知時間是如何走過，因為專注力都放在老師的說話中。在這個空間中，她沒有告訴我們散文的理論，只告訴我們當別人的老師是很重要的工作，那是一段自我生命與另一段生命的傳承。我們當時的眼睛，都離不開老師專注的眼神，六十歲的眼睛還是十分清澈，裡面有老師以前到過的山和海，看不見牆壁。我想在課堂完結前多看她一會，生怕日後的記憶會有所遺漏，彷彿要把她眼中的感情也要帶回家。

到走出辦公室，我才想起自己忘記了要細心察看老師的辦公室，印象是零碎的，只記得昏暗的空間沉澱著舊書頁的植物香氣。面積不似傳聞般闊大，除了天花很高之外，面積也不算很大，壁櫃都疊滿書本，坐在其中的老師身形顯得細小。而最重要的是，我也沒發現甚麼密室機關，「盧生珍藏書」之說肯定是道聽塗說者之謠傳也。

我那時未想過成為人師，所以未明白老師在大課中的聲音和辦公室的聲音為何不同，到自己當上老師後，才想明白那段經歷。老師望著我的眼睛時所說的話，超越了音量的強弱，溫柔的感受，不是從我的耳朵進入我的腦中，而是從我的心進入我的生命中。這份溫柔的生命力，之後也從我身上傳給了其他的人。

但是，還有一點困惑，我到現在還是弄不明白。那段時間，為甚麼進入過老師辦公室的人，都只露出笑容，不會說出所見？如此神秘的默契是建基於大家的甚麼想法呢？可能當中的答案，比老師辦公室的密室機關還要隱秘。

上晝班和下晝班

小學時，學校分成上午校和下午校，每天只須上半天的課，雖然比現在的小學生的上課時間短，但那時幾乎全港的小學也是半日制上課的，因此無從比較，不覺得自己比上全日課的人幸福多少。我當年是在上午上課的那一批學生，俗稱「上晝班」，覺得要大清早便要出門上半天課是很累人的事情，因此每天起床，都想今天會突然打風，因為要颱風來襲，全港學生才可以不用上課。

可是，到升上小六，我卻開始喜歡起上學來。

那段時間，我對上課的渴望，更是前所未有的熾熱，那份期待足以令我上課前一夜輾轉反側，反覆思量第二天上課時的情景。而那情景跟老師講的課文無關，我終日胡思亂想的，只關於一串串秀氣的文字。

那段秀氣的文字，用鉛筆寫在書桌上。自那年的九月起，上午校的我跟下午校的女同學用起文字溝通起來，溝通平臺就是我上課時用的書桌。我們在桌上寫下的字詞，如湖上點起的漣漪。

書桌面的仿木防火膠板平滑如鏡，極適合用鉛筆在上面書寫，寫錯了用擦膠輕輕一擦便不留痕跡，應用上極為方便。木色的書桌角落，填上了兩種字跡，桌子中心太當眼，以及易給老師發現，因此永遠留下一片空白。我們都知道要延續這個計劃，必須要定下分寸，因為這個空間是偷回來的，被人發現，這片緣份湖海便會乾涸淨盡。

這段關係的開始，始於我的「出貓」計劃。那時候的中文老師，很少用課本教書。他勒令我們另買一本成語詞典，上課時只教授我們成語故事，而且他更天天要我們默寫成語。我自小中文表達力不錯，但就是執筆忘字，作文有很多錯別字。因此，每一次默寫成語，每個成語中總有一個字不記得怎樣寫，而老師計分又以每個成語作計分單位，那可慘了，我每個成語錯一個字，即是我無一個成語能得分，所以我經常捧蛋，回家難免給媽媽責罵。

於是我便想出了「出貓」計劃，在中文課前的小息時間，先把成語偷偷寫在桌子的右下角，字都寫得小小的，以供作弊之用。老師是個老人家，上課總是坐在教師椅上，默書時也不會在學生座位旁邊巡視，因此我次次都「出貓」成功。成語每天默，桌上的字便每天寫。

我沒想過，我寫下的作弊內容會引發另一件事情。話說當時上、下午校的學生是共用一間校舍的，包括課室內的桌椅也是共享的。即是說上午校學生坐的位置，到下午校會有另一位學生接手。正因為這個關係，我寫的成語給下午校坐相同座位的另一學生發現了。一天早上，我發現我昨天寫下的成語下面多了一行字，應該是昨天的下午校學生寫下，那是成語的解釋，字體清楚而秀麗，一看便知道是個女孩留下的。

之後我們便用起成語溝通起來，我每天上午寫十個成語，她便在當天下午寫上十個解釋。我那時真佩服她的學識，就算她是查詞典得知的，我也覺得她很厲害，因為裝飾也要花心機嘛。我第一次被一個女孩的中文素養所吸引，那份引力挑起了還是小男孩的我產生莫測高深的幻想。

成語依然天天寫，但有一天，我貪玩地在成語旁畫上卡通人物。那時興起看一套叫《伙頭智多星》（臺譯名為《妙手小廚師》）的卡通片，我便在「珍饈百味」一詞旁加上主角味吉陽一的人像，他的髮型似一個雀巢掛在頭上，要把他畫得神似不難，畫個頭髮蓬亂，手執銅鑊的男孩便可。而我在圖畫下面寫下了自己想出的署名，叫「上咒班」。

她應不善繪畫，因為她沒有用圖畫回應，只在圖畫旁寫下了對昨天播放的「伙頭智多星」劇情的評論，評論下寫下了署名：「下畫班」。我第一次覺得被人改正錯別字是一件具幸福感的事情，可能受到初發的青春荷爾蒙影響，我不單沒有為自己的錯字而感到羞愧，而且再一次被她的知性吸引力所震懾。

於是，在她的牽引下，我寫起有生以來最長的文字創作來，就是每天跟她評論卡通劇情，由「味之仙篇」談論到「味將軍篇」。我們雖然一個上午上課，另一個下午上課，但一樣看到相同集數的卡通。因為那時電視臺會把之前一天下午播放的卡通，安排在另一天的上午播放，讓下午校學生可於上午看到前一天播放的卡通。電視臺這項配合上下午校生態系統的制度是多麼的體貼，這也成就了我倆小口子談不完的話題。

文字上的追逐使我變得喜歡上學，「下晝班」的她把「上晝班」的我拉進了文字世界，我的中文成績亦好起來，竟在學期中的中文科學能測驗考得了全班最高分。我真要多謝老人家老師，要不是他天天逼我默成語，我便不會認識「下晝班」，那麼我的中文便不會從書桌上學過來。

我和「下晝班」愈談愈起勁，就算數月後大家被班主任調了位，也阻止不了我們的交往，我們轉而用其他方式留言給對方。那時我在和她筆談的過程中，開始對中文產生了些感覺，放學到圖書館借了幾部《陸小鳳》來看，我在書中學懂了一個道理：「最危險的地方，就是最安全的地方。」於是便想出了在雙方調位後，和她以「傳紙仔」方式繼續互通消息，而紙條的交收地點就是教師桌的抽屜中，訊息用派剩的家長回條壓着。那個交收地點，保證沒學生會發現，而當中的關鍵在於我和「下畫班」必須於上課天第一個進入課室，接收訊息。於是，自那計劃開始運作的那天起，我便沒再遲到過。

我們在紙條中寫我們喜歡的東西，除卡通外，還包括了當時流行的歌詞。我知「下畫班」喜歡張國榮，那時張國榮還未叫「哥哥」，張國榮就是張國榮，也是《英雄本色》中的「杰仔」。而他的對頭是譚詠麟，因為那時候最火紅的男歌手就是他倆，幸好我不喜歡譚詠麟，而張國榮的情歌我也頗喜歡，於是我在紙條中寫下一句他唱的歌詞。「下畫班」見了應該很歡喜，因為她在下一張字條中接上了歌詞的下一句。

那時候我們還小，到了寫情歌的階段，卻不知下一步該如何走，竟然連對方的名字也不知，也不去問，還是叫對方「上畫班」和「下畫班」，而且亦不懂得甚麼叫「可惜」。

到小六畢業後，我們升上不同的中學，這段奇妙的緣份還藉著書信延續，我們會在信中互通近況，說說新校的同學成績有多好，評論張國榮應不應「封咪」不再唱。可是，信件傳遞的頻率已隨我們成長的變化悄悄減慢，不能如以前那般頻密，畢竟大家已不是生活在同一地方中，兩者的隔膜已不止由上午和下午去分隔。

信息往還，相對以前的每天來回一轉，變成每兩周一轉，繼而變成每月一轉，大家由溝通，變成把事情儲起再向對方作交代。我和她以前談的都是共同擁有的東西，到升中學後，談論的都變為自己和她不能共同擁有的東西，要寫的東西已大於紙張的容量，我記得我那時望著信紙時，感受到下筆的艱難。最後已不記得是由我開始還是由她開始的，大家停止了交往遊戲，沒有寄信給對方。

成年之後，偶然會想起這段舊事，事情已過了多年，心底對這段沒有把握住的情緣其實是不帶任何執著，也沒後悔到最後也和「下畫班」緣慳一面，心想沒見過面反而更好，不過是小六的學生，見面後又可以發展出甚麼呢？

我已不記得當年為何不約她見面，或許是因為對方也一直沒有提出，現在想來，亦可能是因為當時兩個孩子，心裡其實都有底，明知道信息的傳遞終會停下來的，與其分別時將面對不可知的心痛，倒不如看看保持這種交往方式可以走多遠。我們也可能都已知道要把我們的情節留在一段距離中，才是當時的我們最好的處理方法。畢竟「上晝班」和「下晝班」，本身就應該生活在上午和下午，那是兩個不同的時間慣性。

那時我們寫下的歌詞中，有幾句是這樣的：「雲飄飄散與聚只跟方向／舊日憾事怕未能償／全世界變了樣／還憶否當天說／心只想得我倆。」當時只覺得張國榮和陳潔玲唱得纏綿動聽，到長大了再聽到歌詞，卻看到年輕的我們所看不到的反照。

何濟公

「解我！解我！」「何濟公」這玩意，是「兵捉賊」、「捉迷藏」的升級版，它不單只要求孩子藉著追逐去抓緊代替自己去抓人的替死鬼，還加入了「何」這個環節。只要被追逐的人雙手交叉往自己胸前一抱，手掌在肩頭一搭，並大喊一聲：「何！」你身邊便會冒出保護罩，負責抓人的人便不能抓住你。「何」字在廣東話中沒實在的解釋，只是一個發音，亦從發音變成了一個帶安全感的動詞。

這個關節位正是令「何濟公」昇華為「捉迷藏」升級版的關鍵所在，它除了令遊戲有了電光火石之間從勝負中脫逃的變數，更增加了合作的空間。因你「何」了便不能跑，除非有其他人走到你身旁向你一拍，那你才可以從無助的境況中給「解放」出來，繼續逃跑。我和阿國就是從「何」和「解」的過程中結識的，我們小學時，都愛在小息時間玩「何濟公」，而我和他特別親近，他「何」了，我一定會千方百計地走去解救他，我相信當我們轉換了情況亦然。

我和阿國是小四至小六的同班同學，我們排隊也是一前一後的排在一起，整天都形影不離。平常聊天，我只聽過他提起媽媽，很少提起爸爸，一提起爸爸，都是說爸爸又好久不回家。他爸爸好像是經營運輸生意，走中港路線，很少在家，因此阿國口中很少提起他，只知道他爸爸回家時會把鈔票塞給他，因此每當阿國在小息時，從長長的皮革錢包拿出大大張的五百元「大牛」來炫耀時，便知他爸爸在之前一晚回家了。

我當然沒有他富有，小孩子中能手執五百元到小食部買A字牌即食麵和魚肉腸的，我只見過阿國一個。我沒有他的財力，心裡很羨慕他，有時更會模仿他，我記得我買的第一個長形錢包，就是阿國所用的款式，他的錢包只放一百元紙幣，有時還會有褐色的，俗稱「大牛」的五百塊錢鈔票，而我錢包內的顏色都是青青綠綠，只有十塊錢鈔票，錢包小暗格填得滿滿的都是零錢。

阿國經常都請客，邀請我和幾個相熟的同學到一間叫「威威」的小食店吃咖哩魚蛋，那間小店賣的魚蛋是安定邨裡，甚至是屯門最好吃的，每顆都大如乒乓球，要五元一串，比我平日在另一間士多買到的兩元一串貴得多。有人請客，我們當然都開心地吃，但阿國有時根本沒買自己一份，只看著我們吃，但望著我們的眼睛是沒有笑意的。我有時會問他為甚麼不吃，他說他沒心情吃，在想爸爸何時會回家。

阿國爸爸的運輸生意應該幹得不錯，因為阿國愈來愈富有，當我還在穿KAMACHI波鞋時，他已穿名牌BOSINNI波鞋。當時BOSINNI是名牌，它剛在香港開店時，不止賣衣服，還賣自家設計的波鞋，而且掀起過熱潮。阿國穿起的白波鞋，鞋背熨上了鮮綠色的牌子名，耀目非常，他手一插進口袋，再走幾步轉過身來，身旁會起風，他活脫是個年輕的郭富城。我之後和阿國再一起玩「何濟公」，總會收緊腳步，不敢追得太近，因為生怕我的 KAMACHI 會不小心在他穿的 BOSINNI 鞋面上留下烏黑的鞋印。

在我們升上中學前，阿國一直和我同班，他爸爸的生意愈做愈大，也愈來愈少回家，阿國變得無心向學，只在玩「何濟公」時靈魂才回來。阿國在小六時更沉迷打電子遊戲，我時常會到他家一起打「聖鬥士星矢」，那是任天堂紅白機時代的「黃金十二宮篇」。我會依著從置樂的利寶商場的遊戲店買來的遊戲攻略複印本，一步一步跟著指示打下去，但阿國不愛跟著別人的指示打機，他用自己的方法破關，而且比我更快闖入雙子座，更快從教皇手中救出雅典娜。

可是，在現實中，我和他學習的步伐和打遊戲相反，而成績的差距亦帶領我們走上不同的道路，他在小六畢業後被派往一所私校唸書。在我們的年代，全港中學分成五等，而私校多數都是排名最低的一等，學生的能力和操行都不好，叫做 BAND 5 學校，小學生一聽見「入 BAND 5 學校」便會怕得哭出眼淚來，學生家長知道自己孩子「入 BAND 5 學校」會吐血。

在小學的最後一天，小孩子不懂該作甚麼儀式去道別，只簽過大家的紀念冊，留下了大家的電話號碼。可是，分別後大家卻再沒有找過對方，我只在其他同學口中知道阿國在初中便加入了童黨，當上黑社會，我們叫這種狀態為：「跟了人」。他像走進了黑洞之中，無人再敢提起他，彷彿只是說出他的名字，也會給捲入可怕的黑洞之中。

我上了中學，再也沒有和誰玩過「何濟公」，只有在發白日夢時才想起往日跟小學同學們在小息時追逐的情景。有阿國在我總會安心，因為我知道當我「何」了的時候，他都會伺機來「解開」我。但我在想當他停留在學校球場「何」著，等待我去「解開」他時，我有解救他嗎？但這一次我已失去「解開」他方法，因為我已去追逐其他東西，離開了「何濟公」的遊戲結界，走出了我們友誼的範圍，我沒有勇氣走入他要說黑話的遊戲中。

阿國和我一直沒有聯繫，而且我也漸漸跟小學同學變得疏遠起來，再難打聽到阿國的情況。到我讀大學二年級的時候，我才收到他突然打來的電話，我要好一陣子才認得是他。電話中聽出他尷尬的笑意，他問我還有沒有讀書，他則在中三已輟學了。之後我跟他說起生活近況，他突然問我有沒有銀行戶口。

我說都長這麼大了，當然有。他接著問我可否幫他一個忙，另外開一個新的戶口，我不用存錢進去，由他存錢，他用來過數給朋友。我問他為甚麼不能用自己的戶口過數？他說他的職業不方便開戶口。

我聽完便立時拒絕了他，我問他如果有人用這戶口來洗黑錢時我怎麼辦？他那邊的說話如被利器切斷了，停了一陣子，便又吐出寒暄的說話來，沒幾句便斷線了。我坐在老舊的沙發上，回憶起他尷尬的笑聲。我在空白的門前再次見到阿國雙手交叉抱在胸前，「何」著的身影，但我這次沒有「解開」他，我靜靜地盯著站在原地的他，內心拉住我本欲伸出的手。

我心中明白，那通電話斷線以後，小時候的，屬於過去的遊戲便宣佈完結，無論阿國是跑著還是在原地「何」著，我們都走上不同的路，被現實分隔開來，而我再也觸摸不到他。

醫生說道

在香港教書的時候，因為壓力太大，身體常出狀況，因此經常要看醫生，看得最多的是一個專處理我高血壓問題的外科醫生。他整日困在四道石壁之中，生活應該很苦悶，他本身喜歡看文學和哲學書籍，當他知道我教文學，每次見到我都雙眼發亮，拉著我談文史哲的東西，談得太久，會使我走出房門時，要面對十多對充滿怨懟的眼光。

醫生說：「正見中道。」

醫生在說著這句出自孔子口中的話前，以純熟的手勢執起按摩槍形狀的儀器，發出無形的超聲波穿過我的身體，聲波照見我的膽臟裡有石，腎臟裡也有石。

「正見，即是如實，不可逃避。」醫生向半坐在床緣，正在扣起褲鈕的我說。

「你這一年的血壓那麼高，為甚麼不早去看醫生？又不讓你的醫生加用藥的分量？那是因為你不如實，不正視你的身體，你的身體給你的心弄壞了。你才三十多歲，你再不改你的心，命不會長，要正見才能中道，你是教中文的，我的話你明白嗎？」

醫生在之後的數月，跟進我的情況。我進醫院檢查腎和膽，吃新藥，吃大量的綠色食物，而且每天都跟著YOUTUBE上的健身影片做消脂運動。期間體重減了13磅，身形回復大學二年級時的模樣。可是，血壓還是偏高，徘徊145/95，而且每晚都被跳動的脈搏弄醒。

再見醫生時，他望著報告上的數字，鎖緊眉頭說：「你失眠時想甚麼？」

「腦海中的我還在教書，有時教中文，有時教自己也不懂的英文。眼前有時又會冒起學生們的樣子，他們要重讀中六，面上掛著無助的表情。」

醫生說：「我們試一試劃時序，分過去、現在、未來。你覺得哪一項是可以讓你把握？」

「當然是現在。」我續說：「其實未來也可以改變。我計劃得更周詳，想更好的教法，學生的未來便可得到更好的成績。」我不想醫生以為自己只懂附和，所以補充更成熟的想法。

醫生說：「你當年去考試，拿好成績，難道完全因為你老師？那你學生考得不好，是否全算在你的帳上？他下多少苦功也和你有關？人要明白：『隨緣盡份。』我們的工作只能盡份，結果便要隨緣。你聽過『法不孤起』的說法嗎？你學生的成績不只因你而得，它還有好多好多因緣扭在其中的，你盡份便對得住學生。你每一晚擔心學生，只會壞了現在的身體，對甚麼時候的學生都沒有幫助。現在的你不好，還計劃未來？」

「我再問你，你認為身、心，何樣重要？」

「身和心一樣重要，它們是INTERACTIVE的。」我道。

醫生哈了一聲說：「任你是誰，一旦年過三十，身體的狀態便會走下坡，如以你的理論，你的身心同等，你的心便會陪你的身體，陪你的血壓由現在起一同跌市。它們是INTERACIVE，但也分莊、閒。」

「那我再答一次，是心比身更為重要？」我語調沉穩，答得如博取稱讚的學生。

醫生略帶笑意唸道：「『悟以往之不諫，知來者之可追。實迷途其未遠，覺今是而昨非。』你明白陶淵明當年寫下的『既自以心為形役』中的『形』字何解？」

「身體？」我一邊回答，腦子一邊翻起自己在課堂上反複教導學生上十次的課文注釋。

「對極，他想說他的九品官生活過於勞役其身。你既然明白心比身重要，那你明白你睡不著覺的原因嗎？你搞清楚你的血壓為何不好？人要以心御身，用你的精神駕御你的身體，反過來看，如你的心有事，身體亦只會隨著心境變差。你現在搞明白還不遲。孔子說：『生而知之者，上也；學而知之者，次也；困而學之，次也；困而不學，民斯為下矣。』」

「大部分人都在遇到困難時，才會感到困惑，那時才會學習。你我凡夫俗子皆是此等人，我們一個是醫生，一個是老師，我們也是遇到問題才肯學習的人，是次等人啦，但不要緊，起碼我們不是下等。下等人無得救，而我也不懂得如何把下等人醫治成上等人。你再想想，你血壓高真的是壞事？」

我說：「醫生，血壓高會中風喎，難道是好事？」

醫生愈說愈慢：「你血壓出了問題，才令你停下來，學習一下關心自己的身體，修正生活模式，那便是困而學之啦。我不是說過『法不孤起』嗎？正所謂『禍兮福所倚』，表面看你血壓高是禍了吧，但它卻令你早一點學習照顧自己的健康，讓你延長本來收縮中的生命。你說，那是禍是福？」

「你要睡得著，血壓好，我幫不到你，你要自救。人不想自救，是無解救之方的。我做外科數十年，首二十年都是不入流，因為我以為是憑一己技術把病人救活。到了一把年紀，生生死死看得多了，才明白過來：原來生死不在我手，而在病人的身上；不是我救活病人，是病人救活自己。想明白這點，面對疾病時，我才懂得謙卑。」

我望著正在打著鍵盤紀錄藥方的醫生道：「醫生把自己當成庖丁。」

「我不是庖丁，庖丁解牛，我解的是人。而且我在病人面前不是KILLER，是HELPER，但我把病人的腸子呀血管呀，一割，一接，它們是否接駁得好，還要看病人的心肝脾肺會否排斥，靠他自己這些我根本是幫不上的。正如我之前所說，有萬種因緣影響手術的結果。」

「病人能否走得好，便要看病人的心了。我要幫的都做了，算是完成使命。你們當老師的，我們當醫生的，都只是HELPER。盡心幫過，以後便隨緣啦。」

「我這次開10MG的藥給你，正見中道，現在你要正視你的血壓，還有，要交藥費。」

咆哮宅犬

一隻狗的疫情生活記錄

主人說，這個世界最近給散播了一種叫「病病」的病毒，並叫我要小心，就算在家中也不要用舌頭四處舔。於是，我把這段時期稱為「病病期」。

就我之前數月的觀察，我發現兩個主人在這段「病病期」中的生活模式確實起了明顯的變化，直接一點地說，他們兩夫妻是過了好一段頹廢的日子，蹉跎了好一些歲月。其中的怪行亂象，可謂罄竹難書，若然你要我更簡要地形容他們，就是這麼的一個字：懶！

作為一隻盡責的狗，我打算以一些紀錄呈現出主人於「病病期」中種種不合常態的表現，並以此作為日後指出他們得失時的憑據。我會在適當時候向他們提出叮嚀，好讓他倆懸崖勒馬，改過遷善。而當中亦不無個人於「病病期」的所感所想，及寄託了對主人的關懷之情，聊記下來，希望主人日後也可多了解一隻狗在這段時期的困惑。

病病期——第七日

主人昨晚睡遲了，今早起床的時間也晚了，其實不止今天，過去一星期，他們天天都賴床不起，起床了又不上班。記得主人曾責備過我，說我在他的工作天賴床不吃早餐的話，會弄得他上班遲到，那我便是一頭懶狗，不乖，是NO NO的表現。作為一隻特別重視邏輯與尊嚴的松鼠狗，我今天要把這套邏輯套回主人的情況上了，主人不上班，不努力工作，肯定也是個懶人了，不乖，是 NO NO 的表現。

病病期──第二十二日

主人又不乖了，他們竟然慢條斯理地吃早餐。

一般來說，主人們在上班的日子，出門前會七手八腳地吞下一塊麵包，灌點水，便當吃完一頓早餐，草草了事。說真的，他們的早餐乾巴巴的，也沒有溫度，看起來一點也不好吃。他們雖曾經遞給我吃，但我嗅不出味道來，因此便敬謝不敏了，我還是比較喜歡吃狗糧。

但在這段「病病期」裡，他們的早餐卻變豐富了，我終於覺得他們吃的食物比狗吃的食物吸引了，起碼我對它們的香氣產生了興趣，而且是會冒煙的，有溫度的，那才算是我印象中人吃的食物。

他們平日只會喝即沖咖啡，最近卻喝起即磨的手沖咖啡來。而且，他們還會煎美式鬆餅，鬆餅旁邊放上了紅彤彤的草莓，聽女主人說那是男主人最愛的「甜王」草莓，來自他們的家鄉，即是他們放假時拋下狗去玩樂的地方。另外，他們吃鬆餅前，還會細緻地為每塊鬆餅塗上隔著三米距離也嗅得出香甜的新竹花生醬，吃完後還要分吃一個爛熟的，綠油油的牛油果。

我吼！預備一頓早餐要花上那麼多工夫，多費時，他們忘記了我嗎？平日我比他們先吃的呀！我現在要觀賞他們吃完花生醬美式鬆餅三塊草莓半打牛油果乙個，三尺唾液拖足了半個時辰後，才能吃一盤例牌狗糧，他們有顧念過狗狗的感受嗎？主人，你跟我說那都是狗狗不能吃的東西？我跟你說，我是人類最親近的朋友欸，朋友也需要共享豐富的早餐呀！你們兩個很自私，很NO NO呀！

病病期——第三十一日

我說主人懶了，不是無中生有、捕風捉影的妄語。主人以前帶我出門散步，都是讓我在地上跑的。當我做過運動後，便可以盡情地尿尿和解放括約肌，那對狗來說可是生活情趣，更是養生之道。但自「病病期」開始，外出時他們便不讓我在地上跑，聽教育界的專家說那叫病態管束，是直升機家長的家教問題。我懷疑他們因為自己懶惰了，所以也想狗狗也跟著他們躲懶。

問題不止於此，其實狗比貓更需要活動，其每天的活動量是貓的五倍，因此主人每天都應帶我出門散步的。在平日，我的主人已很懶散，每星期只帶我出外走走一次。而到了這段「病病期」，主人雖然仍會帶我去散步，但他們卻只顧自己散步，一直把我抱在懷中，任我如何掙扎，他們都不把我放在地上。他們知不知道，嗅嗅朋友們的尿臭和花草的香氣、欺負草裡的昆蟲，能紓解我們陪伴主人時所壓抑的情緒？作為一隻健康的松鼠狗，每天都要做運動，起碼小散步4至5公里才足夠讓我們身心健康呢！

可是，主人卻只是含情脈脈的對著我說：「FUSSY乖，爸爸媽媽陪妳曬日光浴，陽光中的維他命對妳的皮膚好，多吸收。地上有『病病』，NO NO跑步，不要在地上跑啦！草地上的朋友尿尿也可能有『病病』，不要到那裡玩啦，FUSSY乖。」我嚇呆了，主人正企圖傳染懶惰病病給我，要我懶惰得連走路也要「假腿於人」。

我吼！我不要那該死的維他命！我要欺負昆蟲，我要朋友的尿臭！我也要尿尿！甚麼該死的病那麼厲害？你來呀！要本小姐不可以尿尿！我怕甚麼啦！我吼！

最後，我曬完了日光浴，主人說我乖，然後帶我回家。我回到家中才尿尿，尿在那塊沒溫度的死尿板上。

病病期——第三十六日

過去這一個月，我懷疑主人可能已染上了「病病」，正因為久久不能痊癒，所以他由一個月前開始，每次出門，都戴起口罩來。

今天出外散步的時候，我還發覺了一件更怪異的事，就是除了主人外，其他人都戴上了口罩，彷彿全世界的人類都患上了重感冒。

這天的下午，主人抱著我出門散步，當然，整個所謂散步的過程中，我的腳板從來沒接觸過陸地。可是，這不是重點，重點是：我在乘搭電梯時，因為對某一位女士的香水敏感，所以打了一個大噴嚏，而我就差點因此而失去了作為一隻狗狗的尊嚴。

「吼嚏！」電梯中其他乘客緊張得不得了，立即轉頭對我的主人怒目而視，似在怪責他縱容瘋狗散播病毒一樣。

主人尷尬的乾笑著，眼睛逃避從近處刺來的目光，同時用兩指夾著我的嘴，說：「FUSSY，NO NO，是不是病了，要戴口罩了？」我聽了勃然大怒，立時掙脫主人的手指大吼，瘋狗一般向所有人提出抗議，咆哮不停：「狗狗打個噴嚏也要戴口罩？你們人類的腦袋是否都病了？這太傷害我們狗狗和人類朋友的感情了吧！」

電梯裡的乘客都像被我的吠叫聲嚇倒，不待電梯門全開，便爭相逃出。主人可能也因為怕了我的聲波攻擊，在散步時也沒有再提起為我戴口罩一事。我想他應該因為我的咆哮，終於醒覺要一隻狗戴口罩是一件多不合理的事情。他有病的話，自己戴口罩好了，不要打亂其他人本來平靜的生活嘛，在狗狗悠久的文化中，只有咬了人的狗狗才會被罰戴口罩的，你有種便揪出散播「病病」的人接受這種懲罰好了，我吼。

病病期——第三十九日

管子說過：「今日不為，明日亡貨。昔之日已往而不來矣。」

我的男主人是個教中文的教書先生，上面那句說話是他教學生課文時說過的話，那是出自春秋時期一個叫管仲的人的名言。我想告訴男主人，他既然以這句說話教學生珍惜光陰，勤力奮發，那為甚麼自己不身體力行，以身作則，不再懶惰度日呢？他現在已縱容自己不面授課堂，只透過網絡授課了，那如何可以全面地教導學生？

話說我本來不知甚麼是網絡授課的，只是後來從一場誤會中，才得知男主人用了一種叫 ZOOM 的軟件進行網上授課的，而管仲的哲言，也是在家中從他教學的過程中聽來的。那可是一次詭異的經歷，因為那天，我看見男主人對著桌子上的平板喃喃自語，正講解管仲的說話，過程中更是比手劃腳，跡近中邪。觀乎那塊平板，比他常用的智能電話大四倍有餘，黑黑方方，冷冰冰的，就像婆婆家中神龕下供奉土地公公的神主牌。

那個上午，我見到男主人吃完早餐後便望著新購置的神主牌說話。我以為主人太懷念教學的日子，失心瘋了，便用手手輕拍主人腳背以示安慰，主人卻會錯意，把我一把抱到他的大腿上。我那時出於好奇，伸長脖子望向神主牌，一望，赫然一驚，原來主人的神主牌跟一般的神主牌是不同的，上面原來還貼上了照片，我聽主人說過，那種相片叫「車頭相」，是用來憑弔先人的，而他正望著神主牌上的「車頭相」說話！我倒抽一口涼氣，只感到毛骨悚然。我慢慢仰首望向頭頂上的男主人，他倒置的嘴巴正向著沒有表情的「車頭相」噴著口水花，而且顯得樂在其中。我吼，這個男人多可憐，他竟然寂寞至此，要對著「車頭相」教中文。

過了數天，我才弄明白男主人原來不是自言自語，而是以網上教學取代了面授課堂，那面神主牌能讓他連結在家的學生，一張張的「車頭相」就是其學生的即時影像。我吁了一口氣，因為主人的精神健康可是直接影響我的生計呢。但轉念一想，我更為主人的懶惰而擔憂，他居然為了逃避上班，而濫用科技產品，迫使學生就範，要他們一同用一塊神主牌上課，以之取代了那麼有意義的面授課堂。我心裡想：主人那樣做，不是愧為人師麼？

我在知道他上網課的情況後，那天午睡時難以入眠，因為愈想愈覺得不對勁。主人懶於跟人接觸的「病病」，已由個人生活，蔓延至工作環境，影響到天真可愛的學生了。這種隔著一面神主牌的教學方式，無疑是切斷聯繫，加速人際疏離的禍端。不用到學校上課，當然是更省時方便，但當中不無人性懶惰的劣根性在其中推波助瀾。這種懶人病毒吸引力是非同小可的，天天像打風天不用上學呢！如此夢幻般的生活模式，學生就算打了十支疫苗也難以抗拒。而且，這種「病病」有高度傳染性，能從神主牌極速滲入人的血液，侵入每一個人的基因之中，唔……這是不是就是主人近日常掛在口邊的「疫症」？

我愈想愈難以成眠，主人信口雌黃，借管子說話教學生珍惜學習的時光，自己卻身體力行教學生賴在家裡上課，頹廢度日，他會否因此被家長投訴？之後更被校長炒魷魚？再之後我會否從此沒有狗糧吃？我真的希望主人迷途知返，為了我的狗糧早日回校正常上課。

病病期——第五十六日

每次到打針佬的診所覆診，主人都會把我放在電子磅上磅重。近期覆診前，我都會無比憂慮，生怕重磅的數字會刺激我的情緒，再令血壓飆升，弄得我暈眩。我多麼害怕纖纖的松鼠骨感身形會走樣，記憶中，主人就曾經在我稍為胖了少許時，在客人面前介紹我是一隻肥豬呢。我吼，我可是一隻雌性動物哩！

我聽說某些狗對數字特別敏感，那跟狗種的基因排列有關，而松鼠狗和芝娃娃便是當中最敏感的，最容易因受驚而抓狂亂吠，而不幸的是本人就是松鼠和芝娃娃的混種！更不幸的是我這數月間，體重的數字是節節上升。我會把罪名歸咎於主人，他們現在天天不外出，叫「食物熊貓」送外賣，這鼓勵了他們每天都不停地吃東西，他們已把自己弄得變成一個圓球。而他們餵完自己後，便又隨意餵我吃零食，我哪有不胖之理？我哪能抵抗不休止的食物攻勢？我只是一隻聞到香味便張口的平凡小狗！

因此家中除了兩個兩腳圓球之外，現在便又多了一隻四腳圓球。但我要強調，家中的生物都給餵養成圓球，責任不在我們寵物一方！那是主人整天不上班，賴在家中躲懶，吃早餐，叫外賣，沉淪於吃喝所造成的。

病病期——第八十七日

我有一半芝娃娃血統，體型比純種松鼠狗細小，身輕如燕，因此跑得很快。在我還是半歲的時候，主人曾帶我去參加狗狗運動會，那次比賽我得了小型犬五十米賽跑冠軍，自那時開始，我已知道跑步是上天賜我的專長。

我最喜歡腳掌上的小肉墊踏實地跟地面接觸時的感覺，今天我尤其快樂，因為我的肉墊，還可以貼在草地上奔跑，你知道嗎？草和泥是有溫度的。

奔跑在和暖的草地上，加上枯葉清脆的磨擦，讓我動物的神經醒覺過來。四肢的血液沖上大腦，刺激我原始的神經，使腎上腺素激增，令我跑得更起勁。在急勁的風馳中，我記起自己是一隻來自山林的野生動物，我的先祖是一匹壯碩的猛狼。草面跟我肢體磨擦所產生的呼嘯聲，和我所踏扁的小昆蟲，會為我向先祖傳話，告訴他們，我繼承了他們引以為傲的衝刺力，那是他們用來捕殺獵物的武器。它們讓我的先祖知道，我是他們值得自豪的血脈，那份肯定給予我存在的意義。

可是，一念到此，卻使我更為沮喪，因為以上跑動的畫面只是我今天午睡時的夢境。夢中奔跑的情景，引得我含笑醒來，但一張開眼睛，我才驚覺草地上的刺激原來只是我的幻想，現實中我只是一隻在睡夢中才能在草地上奔跑的可憐小狗。

主人今天還是帶我出門進行每星期一次的曬日光浴儀式，然後帶我回家尿尿。我和草地、泥土的溫度，依然被「病病」這面厚牆分隔開來。開始時，我感覺不到這面牆的存在，但隨著主人宅在家的日子增長，便愈益加厚，成了一堵高聳的，清晰的牆。就好像主人出門時戴上的口罩，剛開始時我是沒有留意的，但我慢慢發現主人每次出門都戴上口罩，我本來以為他們是一時感冒罷了，戴上一星期，病好了便不用戴。但是，數月下來，口罩每天都掛在他們的臉上，款式也多了許多，已成了日常裝束。這個口罩，也彷彿成了一面牆，一面愈來愈厚，愈來愈看得分明的牆。

從此，我們的日子，彷彿多了一面用來做標記的牆。「病病期」前後的日子，可以用一面牆來劃分。「病病期」前的日子，是「沒有牆的日子」；「病病期」後的日子，是「有牆的日子」。

兩位主人曾對我說，他們很愛呼吸新鮮空氣。因此在「病病期」這面牆出現之前，他們如何懶惰也好，偶爾也會帶我到大棠郊野公園行山，他們說那兒的空氣和家裡的不同。我說我知道呀，那裡秋天的空氣更特別呢，因為空氣中還會有楓葉飄落的味道。

他們對新鮮空氣的追求，應該和我對腳踏實地散步的追求也差不多吧，他們的先祖是在用嘴巴和鼻子，呼吸到第一口地球的空氣後，才進化成稍為有智慧的生物。因此，追求更優質的空氣是他們生存的本能，如他們連這點也做不到，如何透過呼吸到的空氣去繼續進化？又如何跟遠古的先祖連繫？他們要以空氣傳遞聲音，告訴先祖有好好地把長河般的血脈延續呀！我想那應該是一件很自然的事吧！但口罩這面牆愈來愈高，把一切都隔絕起來，哪如何是好呢？

我很想日子能不再以一面牆去分隔，主人可以不再隔著一面牆呼吸，而我也可以不再隔著一面牆散步和尿尿。

病病期——第一百一十五日

主人今天終於痛改前非，肯去上班了，他們今早起得很早，匆匆啃掉乾枯的豬仔包後便踏出家門。我估計他們是帶著「病病」上班的，因我見到他們還戴上口罩呢。而我則懶得起床，所以沒吃早餐，任主人如何催促我也不理，因為那真是太早了吧！作為哺乳類生物，位處生物鏈的最上層，何苦要追趕一隻小小工蜂的生活節奏？

我終於可以回歸個人的空間，專心地經營一天朝八晚六的睡眠生活。可是，當主人離開後，我卻睡不著覺，因為我感到身體異常冰冷，毛髮四周瀰漫著冰冷的空氣，徘徊不散。雖然陽光如常地從窗檯爬到油木地板上，但沒有主人走動的地板，好像缺少了他們的腳板所留下的一點溫度。

我抬高鼻子，左右探索，再吸一口氣，發現空氣中彷彿缺少了甚麼。我轉頭望向無聲的廚房，那裡空無一人，那跟昨天是兩個模樣。上一個早晨，那兒會發出杯盤碰撞的聲音，它們就似跳舞時的踏步聲。主人煮早餐時的香味會隨著舞步的聲音飄散出來，香甜和苦澀交纏，那是美式鬆餅和哥倫比亞咖啡活潑的香氣。雖然他們從沒讓我吃喝這些東西，但那段時間，卻教我體會到原來這個由石屎牆包圍的單位，原來可以如此香甜，如此溫暖。一絲絲溫暖的氣息會掛在主人進餐的笑語上，我的眼睛跟著他們的笑臉轉動，還可以看見家的溫度隨著人的笑聲而升溫了。

想來真不甘心，我不想主人當一個懶惰的人，但我卻發現溫暖的時刻，要在主人的頹廢期才能醞釀出來。我吼，難道我竟習慣了主人懶散的生活模式？

難道我把它當成了新的常態，到現在竟不適應起來？主人不躲懶，終於不用我規勸便肯出門上班，那絕對是一樁好事。那不就是我寫紀錄的初衷嗎？而且我作為一隻忠犬，應該全力支持主人勤力工作才對，我不能那麼沒志氣，掛念起主人頹廢的生活來。莫非……莫非我給傳染了？人類走出懶惰的「病病期」了，而我卻停留在「病病期」這面牆後面？

主人，我是不是病了？

半場香港，半場臺灣

作　　者 —— 李紹基
責任編輯 —— 鄧小樺
執行編輯 —— 余旼憙
文字校對 —— 周靜怡
封面設計及內文排版 —— 吳郁嫻

出　　版 —— 二〇四六出版／一八四一出版有限公司
發　　行 —— 遠足文化事業股份有限公司（讀書共和國出版集團）
社　　長 —— 沈旭暉
總 編 輯 —— 鄧小樺
地　　址 —— 103 臺北市大同區民生西路 404 號 3 樓
郵撥帳號 —— 19504465 遠足文化事業股份有限公司
電子信箱 —— enquiry@the2046.com
Facebook —— 2046.press
Instagram —— @2046.press

法律顧問 —— 華洋法律事務所　蘇文生律師
印　　製 —— 博客斯彩藝有限公司
出版日期 —— 2025 年 3 月初版一刷
定　　價 —— 380 元

ISBN 978-626-99238-5-4

半場香港，半場臺灣｜李紹基作｜初版｜臺北市｜二〇四六出版｜遠足文化事業股份有限公司發行｜ 2025.03 ｜ 304 面｜ 14.8*21 公分｜
ISBN 978-626-99238-5-4(平裝)｜ 855 ｜ 114002431